No calor de Zanzibar

Sexo gay na África

Dados Internacionais de Catalogação na Publicação (CIP)
(Câmara Brasileira do Livro, SP, Brasil)

Mann, Alex Von
No calor de Zanzibar – sexo gay na África / Alex Von Mann ; |tradução Dinah Kleve|. – São Paulo : Summus, 2000.

Título original: Slaves
ISBN 85-86755-20-6

1. Homens gays – Ficção 2. Homossexualidade masculina I. Título. II Título : Sexo gay na África.

00-0062   CDD-823.91

Índices para catálogo sistemático:

1. Ficção : Século 20 : Literatura inglesa   823.91
2. Século 20 : Ficção : Literatura inglesa   823.91

EDITORA AFILIADA

Compre em lugar de fotocopiar.
Cada real que você dá por um livro recompensa seus autores
e os convida a produzir mais sobre o tema;
incentiva seus editores a traduzir, encomendar e publicar
outras obras sobre o assunto;
e paga aos livreiros por estocar e levar até você livros
para a sua informação e entretenimento.
Cada real que você dá pela fotocópia não-autorizada de um livro
financia um crime
e ajuda a matar a produção intelectual.

No calor de Zanzibar

Sexo gay na África

ALEX VON MANN

edições GLS

Do original em língua inglesa *Slaves*
Copyright © 1997 by Prowler Books
Publicado por acordo com a Prowler Books
Direitos para a língua portuguesa adquiridos por
Summus Editorial, que se reserva a propriedade desta tradução

Tradução: **Dinah Klebe**
Projeto gráfico e capa: **Brasil Verde**
Editoração eletrônica: **Acqua Estúdio Gráfico**
Editora responsável: **Laura Bacellar**

Edições GLS
Rua Domingos de Morais, 2132 conj. 61
04036-000 São Paulo SP
Telefax (011) 539-2801
gls@edgls.com.br
www.edgls.com.br

Atendimento ao consumidor:
Summus Editorial
Rua Itapicuru, 613 12º andar
05006-000 São Paulo SP
Fone (011) 864-1073/3873-8638

Distribuição:
Fone (011) 839-9794

Impresso no Brasil

1

O banheiro da primeira classe do vôo de Joanesburgo para Dar Es Salaam era muito apertado, mas Timothy, o jovem comissário de bordo, já tinha trepado ali antes e sabia exatamente onde se colocar para melhor aproveitar o pouco espaço de que dispunha. Suas calças (ele não usava cuecas) estavam caídas em torno dos tornozelos. Seu pau enorme e as grandes bolas que o acompanhavam, contidas no saco coberto de pêlos loiros, estavam apoiados sobre a borda de porcelana fria da pia.

Ele estendeu um pacote de camisinhas para o jovem posicionado exatamente atrás dele.

– Pela aparência deste seu pau há tanto tempo duro dentro de suas calças, eu concluí que o tamanho apropriado para você seria "grande" – disse Timothy. – Lubrificado, é claro, pois faz muito tempo que a minha bunda não recebe um pedaço de carne tão substancial.

Timothy colocou uma mão de cada lado da moldura do espelho e esperou que Jack Mallard revelasse o pau duro pelo qual ele vinha esperando desde o início do vôo.

Jack estava ficando excitado com a visão da bundinha nua de Timothy, bem redonda e um pouco achatada ao longo do rego. Ele podia ter simplesmente aberto o seu zíper, puxado o cacete duro para fora, tacado uma camisinha e mandado ver, mas Jack era capaz de controlar esse tipo de impulso primário. Ele não era um jovem virgem, iludido pela idéia de que, se não aproveitasse o momento imediatamente, talvez nunca mais tivesse a oportunidade de fazê-lo. Nem tampouco era um iniciante nas artes de trepar em banheiro de avião. Seu trabalho já o tinha feito embarcar em uma infinidade de vôos ao redor do mundo e o iniciado, assim como ele havia feito com outros, em mais de um dos clubes de trepada a dez mil metros de altura. Às vezes, como agora, ele até trepava de graça durante os vôos, por pura diversão. Felizmente, ele ainda era capaz de desfrutar dos prazeres do sexo independentemente do dinheiro.

Jack baixou as suas calças e cuecas para que elas se juntassem à pilha de roupas aos pés de Timothy. Fez isso não apenas para evitar as possíveis manchas de suor que a adorável bunda de Timothy pudesse eventualmente imprimir em sua calça, mas porque sempre gostava de ouvir o som de uma bunda nua batendo na sua virilha igualmente exposta, especialmente naqueles últimas estocadas de uma trepada, quando a coisa realmente pega fogo.

O pau de Jack estava desfrutando de sua liberdade. Tinha estado confinado até agora na escuridão de uma calça esporte. Uma vez solto, havia inchado ainda mais. A superfície polpuda da cabecinha expandiu-se, revelando uma uretra que enfatizava um longo sulco que quase repartia o botão carnudo ao meio. A cicatriz da circuncisão formava um colar de pele levemente descolorada bem abaixo do cogumelo que sobressaía no alto da chapeleta. Sob este colar, o restante de seu pau se curvava para baixo, a parte posterior um pouco achata, formando um tubo de carne firme cuja circunferência era mais elíptica do que circular e cuja extensão impressionante se assemelhava mais a um arco do que a uma flecha. A base grossa, mais até do que a enorme palma de Jack era capaz de circuncidar, estava enraizada em meio a uma profusão de pêlos negros e encaracolados. Pendendo daquela base havia um escroto do tamanho de um punho fechado, já transformado pelo desejo numa massa compacta e elevada de pele recoberta de pêlos.

Jack se ateve por um momento ao pacote de alumínio e sua camisinha lubrificada, prendendo a primeira com os dentes enquanto enrolava as pontas de sua camisa e camiseta para cima, numa dobra segura, revelando o seu estômago e peito, até chegar aos seus mamilos, já duros, do tamanho de uma moeda. Acima do triângulo de sua moita de pêlos espessos, músculos abdominais bem definidos e duros apresentavam cada vez menos pêlos Acima do estômago, o peito bem delineado era uma superfície quase inteiramente lisa.

Já tomado pela expectativa, o pau de Jack agitou-se num espasmo provocado pelos músculos situados na sua virilha. A cabeça de sua pica bateu contra a sua barriga musculosa. O som resultante foi audível e fez com que um jorro de secreção clara e pegajosa escorresse da cabeça do pau e fosse capturada pelos pêlos que anunciavam o umbigo de Jack. A secreção que vazava de seu pau era tanta que a trepada poderia muito bem se consumar sem o auxílio de nenhuma camisinha previamente lubrificada.

Jack, porém não queria prosseguir sem a proteção do látex. Afinal de contas, estava na África. Dizia-se que a aids poderia ter se originado em algum lugar do continente negro. Advinda talvez dos macacos, suspensos nas árvores da floresta imersa em sombras permanentes.

Com a ponta de sua camisa enrolada e a salvo e o pau limpo por uma toalha de papel, Jack rasgou uma das pontas do pacote de camisinha com os dentes. Inclinou-se para apoiar-se na parede, que naquele confinamento em que os dois jovens brincavam estava apenas a poucos centímetros, distância suficiente, porém para que ele pudesse jogar o envelope na lixeira, torcesse a ponta da camisinha lubrificada para garantir espaço suficiente para o dilúvio da porra que agora inchava as suas bolas, mas que em breve a encheria, e recobrisse sua pica com a ponta da camisinha. O vermelho do látex tornou-se rosa, estendido sobre o tronco escuro do seu pau quando a camisinha foi desenrolada ao longo de toda a ereção. Os dedos de Jack pressionaram a parte ovalada inferior da camisinha finalmente liberada para ter certeza de que ela estava firmemente presa à base peluda de seu pau.

– Estou ficando com cada vez mais tesão enquanto espero aqui – disse Timothy, na expectativa do que estava por vir.

A única parte de Jack visível para Timothy através do espelho era o seu belo rosto, mas ele não precisava ver nada para saber o que havia atrás dele. Timothy havia desenvolvido um sistema para avaliar os passageiros e descobrir o que existia sob a cobertura convencional de sua roupas de viagens e percebera, logo de cara, no momento em que Jack embarcara em Joanesburgo, que aquele homem, um pouco mais velho que ele, certamente tinha algo a oferecer. E Timothy queria tudo a que tinha direito, ou pelo menos tudo de uma parte em especial de Jack, enfiada no seu cu o máximo que a sua bunda pudesse agüentar.

As mãos de Jack seguiram em direção à cintura de Timothy e deslizaram até os quadris do jovem. Seus polegares se engancharam nos montes da bunda de Timothy e os separaram para revelar a profundidade da fenda recoberta por um linha de pêlos que o aguardava em ansiosa expectativa.

– Parece apertadinho – disse Jack.

Ele havia se inclinado para sussurrar ao ouvido de Timothy. Dizer que seu cu parecia apertadinho era o máximo que ele ia fazer no momento. Ele sabia, por experiência própria, que as aparências muitas vezes enganam. Até mesmo o cuzinho de Timothy poderia oferecer pouca ou nenhuma resistência, abrindo-se como uma porteira gasta, a ponto de ser talvez quase impossível obter fricção suficiente para atingir o orgasmo. Além do mais, Jack não tinha a menor dúvida de que Timothy já havia estado naquela posição antes, devido à sua desenvoltura em deixar sua disponibilidade evidente para ele. O modo como procedera para concretizar o ato mostrava que aquele poder de sedução tinha sido aperfeiçoado com muitos passageiros.

Timothy leu o pensamento de Jack.

– O meu cu é mais apertado do que parece – ele prometeu com um sorriso. – Acredite ou não, eu não costumo ser o cara que se apóia sobre a pia.

A idéia fez o pau de Jack soltar ainda mais secreção dentro da camisinha. Jack precisou ficar atento. Antes da aids, a tendência do seu pau de se lubrificar sozinho teria sido uma vantagem decisiva. Significaria a falta de necessidade de lubrificantes, vaselina, sabonete ou o que quer que fosse para que deslizasse para dentro da bunda mais apertada. Nos dias de hoje, porém, isso significava a necessidade de se assegurar de que o seu pau não ficasse tão molhado a ponto de escorregar prematuramente da cobertura de borracha que o estivesse protegendo.

Jack mirou a cabecinha do seu pau, que parecia mais comprida por causa da ponta da camisinha que o cobria, para o convidativo cu no rego de Timothy. Jack empurrou os seus quadris lentamente para frente e cutucou diretamente a porta de entrada com a cabecinha camuflada pela borracha.

— Toc, toc, toc — disse Jack.

Sua boca estava mais uma vez na orelha de Timothy. Ele sentiu o cheiro agradável da loção pós-barba do comissário e se perguntou qual seria a marca. Ergueu o olhar e viu, no espelho, que a mão direita de Timothy não estava mais na superfície refletora e sim fechada em torno de seu pau ereto, projetado para além da borda da pia.

— Eu posso cuidar deste cacete para você — ofereceu-se Jack.

— Concentre-se apenas na trepada — instruiu Timothy. — Este cacete e eu já estamos juntos há muito tempo, e sei bem do que ele gosta enquanto alguém como você me come.

— Mmmm... — ofereceu Jack num pronto elogio ao deslizar suas mãos para a frente, envolvendo o estômago firme de Timothy, e passando-as por baixo da camisa do jovem.

Ele chegou aos mamilos muito duros de Timothy e parou para beliscar cada um deles, provocando uma rigidez ainda maior. Por fim, dobrou os braços na frente do corpo de Timothy e enganchou as suas mãos nos ombros de Timothy.

Jack parou por mais um momento, simplesmente desfrutando do prazer *voyeur* de ver o espelho. Timothy era um garanhão jovem e bem apessoado. Jack sempre tinha sido louco por loiros de olhos azuis e lábios carnudos. O pau de Timothy era uma excitação por si só. Não circuncidado e grosso, ele poderia, na humilde opinião de Jack, proporcionar-lhe belas experiências mais tarde, na sua própria bunda, se o tempo permitisse.

— Vai, fode a minha bunda. Fode! — disse Timothy, saudando a pressão que forçava o centro do seu cu e alargando a sua entrada, como se as suas pregas fossem as lentes de uma câmera que se abria. Então, como se tivesse repentinamente se convertido numa minúscula boca, os lábios do seu cu envolveram a cabecinha carnuda que Jack continuava a meter para dentro.

— Que cuzinho mais tesudo — dizia Jack no mais absoluto deleite.

Dentro do cu de Timothy, a cabecinha do pau de Jack sentiu uma bela pressão da bunda quente, que se abria e engolia até a cicatriz da circuncisão.

— Você não mentiu para mim quando disse que seu cu era apertadinho, não é mesmo?

– Minha mãe sempre me disse para não mentir a respeito de algo que se pudesse facilmente provar ser falso – disse Timothy.

Ele então exerceu uma pressão para trás que afundou o centímetro seguinte do pau duro de Jack para dentro do seu cu.

– Bem, então deixe que eu lhe diga uma coisa que com certeza não é mentira – disse Jack, metendo mais um centímetro para dentro: – Eu vou te proporcionar a melhor trepada da sua vida.

– Promessas – disse Timothy, num deslizar contínuo que enterrou o resto do pau de Jack na sua bunda, fazendo com que sua voz se tornasse pouco mais que um arfar.

– Eu sou um homem de palavra – Jack prometeu, e pressionou o seu ventre com firmeza de encontro à bunda de Timothy, guiando o seu pau duro pelo cu do parceiro: um pilão socando a argamassa.

Timothy arqueou o seu pescoço, mostrando o pomo de Adão agora proeminente e visível no reflexo do espelho. Ele deu exatamente cinco bombadas rápidas no seu grande pau, como um pistão. Depois parou e o segurou apertado enquanto a sua ereção inchava ainda mais, forçando a sua mão a se abrir. Seu pau tinha um pulsar próprio. Ao mesmo tempo, todo o canal de sua bunda recheado de pau ondulava em contrações musculares, como uma cobra tentando comer uma refeição recentemente engolida, sujeita à ação de seus sucos gástricos.

Jack precisou de todo o seu controle mental para diminuir o prazer crescente que as mordidas do cuzinho de Timothy provocavam no seu pau enterrado. Foi somente quando lembrou a si mesmo que não era nenhum amador que esporra logo depois de alguns poucos segundos de deliciosa penetração que Jack foi capaz de abortar os impulsos que ameaçavam irromper prematuramente e explodir em esperma naquele mesmo instante.

– Algo me diz que você vai ser bom mesmo – decidiu Timothy.

Consciente de seu próprio talento, ele podia elogiá-lo sinceramente, uma vez que havia ficado óbvio que finalmente tinha tido a sorte de encontrar alguém que parecia não apenas ter as mesmas habilidades que ele, mas quem sabe até as superasse. Ele não tinha se enganado ao oferecer a sua bunda para o jovem garanhão. Soubera disso antes mesmo de chegarem às vias de fato. Timothy agradeceu a Deus pela súbita intuição que fizera com que dessa vez fosse ele a baixar as suas calças e desnudar a sua bunda firme, pois esta mesma intuição lhe dizia que ele estava para ter uma trepada dos deuses. Ele também estava decidido a fazer com que Jack saísse desta experiência sentindo que comer a bunda apertada de Timothy em pleno avião a jato, já por si só fálico, cruzando os céus noturnos da África do Sul, era uma experiência digna de uma nota muito alta, mesmo nas rodas de trepadores profissionais.

O quão apertado o pau de Jack estava na bunda de Timothy ficou evidente com os pedidos de Timothy de: – Espere só... um... momento... mais – na primeira tentativa de Jack de desentocar parte do seu membro inchado. Por um momento, as entranhas de Timothy pareceram tão apertados ao redor da carne inchada ao máximo de Jack que seu reto parecia que ia virar do avesso caso o garanhão saísse abruptamente. O cu de Timothy, porém, precisou de apenas uma pequena pausa para relaxar o pouquinho que ainda faltava, o que junto com o lubrificante da camisinha evitou que suas tripas se rasgassem.

– Agora, garanhão – convidou Timothy com a bunda realmente pronta para a foda.

Ele deu uma rebolada e torceu o pau de Jack parcialmente livre antes de metê-lo de volta no lugar.

– Estou pronto, seu gostosão da bundinha apertada – disse Jack.

Ele puxou o seu estômago musculoso para trás, afastando-o do contato com a bunda musculosa de Timothy. O deslizar da pica coberta pela camisinha para dentro do cu apertadinho deixou a entrada de Timothy convexa com a fricção, continuando assim quando Jack puxou o pau para fora até o começo da cabecinha. O buraquinho enrugado de Timothy ficou côncavo com a volta do cacete de Jack, metido tão fundo na ávida bunda de Timothy que o pêlo negro do ventre de Jack se emaranhou com os fios loiros que delineavam as aromatizadas profundezas do rego do comissário.

– Isso, isso – convidou Timothy.

Não houve dor quando o pau de Jack repetiu a sua performance, saindo até a cabecinha, voltando novamente para dentro até a raiz, e então para fora mais uma vez.

Jack estava usando toda a sua experiência acumulada como parceiro ativo para incrementar o prazer que a bunda aparentemente virgem de Timothy estava lhe proporcionando. Necessitou de uma grande dose de concentração para não socar seu pau com força descontrolada. Jack sabia muito bem que beneficiaria a si mesmo retardando o seu orgasmo, sem falar no que isso faria a Timothy. Retardar significava sobrepor camada após camada de prazer. Empilhadas precariamente, como uma castelo de cartas. Quanto mais cartas empilhadas, mais haveria o que desabar quando finalmente chegasse a hora do terremoto de orgasmo.

Em alguns momentos, porém, até mesmo Jack, com o seu vasto conhecimento do que se deve ou não fazer em qualquer tipo de foda, independent da sua duração ou do prazer que ela proporciona, sentiu que estava a ponto de perder o controle. Nestas horas ele dava uma parada, com o pau completamente enterrado. Se ele deixasse até mesmo parte de seu pau para fora, correria o risco Timothy recuar, proporcionando, sem querer, o estímulo final para o orgasmo. Apesar de sua pica estar completamente enfiada, Jack foi agraciado com um sensual gingar dos quadris de Timothy e uma massagem anal apertada e ondulante, cortesia das vísceras de Timothy, obrigando Jack a voltar a sua atenção e novamente empilhar mais uma carta no castelo.

– Por favor, Deus.

Mais uma cartinha.

A certa altura, Timothy mudou a sua posição na pia. Tirou o pé esquerdo do sapato, desvencilhando-se da pilha de roupas. Dobrou então a sua perna, elevando o joelho até colocar o pé firmemente na borda da pia, não muito longe do seu pau. Com um pouco mais de esforço, ele apoiou o seu queixo no joelho. Sua mão esquerda passou por baixo da bunda projetada, seguindo ainda mais para trás. Seus dedos alcançaram as bolas de Jack e lhes deram um apertão, massageando-as.

– Meu Deus do céu! – foi a resposta imediata de Jack.

Sem dúvida a dor sensual causada pelos dedos de Timothy em torno dos testículos inchados de Jack ajudaram-no a retardar um pouco mais o orgasmo. Dor que na verdade era, em si, um prazer que empilhou ainda mais cartas no castelo agora precariamente construído, à espera de sua destruição final.

Timothy tinha bombado periodicamente a sua ereção, num ritmo milimetricamente calculado para lhe fornecer apenas os estímulos que pudesse suportar sem transpor o limite do orgasmo. Ele havia acabado de puxar seu maciço pau para cima e para baixo algumas vezes, seu prepúcio aveludado deslizando e expondo quase toda a cabecinha. Seus dedos então fizeram a mesma pele solta deslizar de volta escondendo a sua chapeleta, como se ela fosse a cabeça de um monge repentinamente coberta por um capucho sacerdotal.

Ao contrário do pau de Jack, o de Timothy não estava escorrendo. A sua lubrificação era fornecida exclusivamente pela saliva que ele periodicamente cuspia na palma direita e então espalhava pela rola inchada.

A cabeça do pau de Timothy estava de um vermelho intenso. Sua pele, esticada ao limite pelo sangue que a inchava, estava tão retesada quanto um balão vermelho soprado até a sua capacidade máxima.

Jack deu início a um novo movimento com seu pau. Quando suas bolas quase escaparam dos dedos massageadores de Timothy, ele fez uma pausa breve e Timothy o soltou. O saco de Jack, agora livre, era uma massa pesada de pele enrugada coberta de pêlos, tão perto da base grossa de seu pau que suas bolas ameaçavam desaparecer completamente nas mesmas cavidades de onde tinham saído no início da puberdade. Quando, porém, o seu pau abriu novamente caminho pela bunda de Timothy, suas bolas voltaram imediatamente para as mãos do comissário que as aguardavam para uma série adicional de apertões sensuais.

Com o prazer crescente, o escroto de Timothy, assim como o de Jack, não pendia mais livremente. Ele também estava compacto e elevado, parecendo desaparecer. Timothy, porém, não parecia precisar deste sinal em particular para saber que estava voando tão alto a ponto de estar prestes a ficar sem combustível. Melhor aviso era a descarga elétrica que o atravessava cada vez que o pau de Jack tocava a sua próstata inchada e deslizava mais para dentro. Outro impacto ocorria quando a mesma cabecinha voltava para trás, passando pela próstata de Timothy, liberando boa parte da pica de Jack do seu cu.

– Estou com muito tesão, gostoso – disse Jack.

Ele não sabia se tinha falado com Timothy ou com o seu próprio rosto vermelho refletido no espelho.

Havia algo de excitante no semblante de pele bronzeada, cada vez mais exoticamente escura sob o seu rubor sexual, num contraste com o rosa óbvio que agora tingia a face costumeiramente cor de pêssego de Timothy. Se a pele do peito e da barriga de Timothy sob a camisa também estivesse visível, ela teria se revelado de um rosa igualmente atraente.

– Me avise quando você for gozar – insistiu Timothy.

Não havia dúvida de que ele gozaria junto com Jack, um milagre por si só, ainda mais porque não precisaria dar mais nenhuma bombada em seu pau. Seus sentidos estimulados, prestes a explodir, precisavam apenas da porra quente de Jack enchendo a ponta da camisinha que passeava pelos corredores aquecidos de seu rabo.

– Quero que você goze, também, homem – informou Jack, apesar de já ter ido longe demais para ainda exercer qualquer controle sobre o seu prazer, já no limite.

– Seu desejo será satisfeito – prometeu Timothy. – Se você se apressar nós podemos até... ah... ah.. meu Deus... eu vou...

– Meu Deus, eu... – Jack pôde apenas repetir.

Ele atolou o seu pau uma última vez no cu apertadinho e massageador de Timothy.

O aaaagrahhh combinado de ambos saiu tão coordenado que soou como uma harmonia de duas vozes.

Quem olhasse acharia que tinha sido a porra de Jack, descarregada vigorosamente na borracha protetora, que havia jorrado em jatos molhados e brancos da ereção vulcânica de Timothy. Na verdade, porém, a porra de Jack, apesar do seu tremendo calor e volume, fora contida pela ponta rosada da camisinha, que de tão recheada havia adicionado um centímetro à sua ereção enterrada em Timothy. A porra jorrada no banheiro era toda de Timothy. Havia tanta que alguns filetes grudaram e ficaram pendendo não apenas do espelho, mas também do recipiente do sabonete, de ambas as torneiras e da parede.

2

Não havia nada em suas despedidas, a não ser o sorriso dos dois jovens, que revelasse que Jack e Timothy tinham passado boa parte de seu tempo no ar fazendo sexo enlouquecidamente no banheiro da primeira classe. Nem mesmo a aeromoça, de pé ao lado de Timothy na porta aberta do avião que dava acesso ao terminal do aeroporto de Dar Es Salaam, demonstrava perceber – ou se importar – com o que o comissário e o passageiro tinham feito.

O outro trecho do vôo para Zanzibar não foi tão agradável quanto aquele com Timothy a bordo.

Depois de ter se registrado no hotel que havia reservado, Jack seguiu pela rua até o cruzamento com a rua do Riacho. Nome, aliás, muito mal empregado, visto que ali não havia nenhum riacho para refrescar um pouco o ar. O oceano, para trás, à direita, não oferecia nenhum alívio, pois estava bloqueado pelo hotel e pela cidade.

A temperatura estava quente e úmida demais para que alguém se arriscasse a sair sem chapéu. Jack sabia disso. Até mesmo fingir que não percebia o calor o fez sentir-se ridículo. Contudo, ele seria mais do que bem recompensado por ferir o seu orgulho.

Ele, finalmente, localizou a pequena árvore solitária e colocou-se à sua sombra superaquecida. Checou o seu relógio.

Na hora programada, apareceu a bicicleta vindo em sua direção. Jack tentou parecer estar à beira de uma insolação, algo não muito difícil de fazer.

Em poucos minutos, a bicicleta chegou ao seu lado, de modo que Jack pode reconhecer seu condutor a partir das fotos que lhe haviam sido mostradas.

– Meu Deus, meu jovem! – saudou-o Carl Mider, conforme a sua deixa. – Ninguém lhe avisou que não deveria dar um passo para fora de casa, nem mesmo por um momento, sem alguma coisa cobrindo a sua cabeça?

Pelo menos foi isso que Jack supôs que ele tivesse dito, de acordo com o script já combinado. Como Carl havia falado em suíço, Jack não podia ter certeza.

– Desculpe, eu só falo inglês – disse Jack.

– Ah, o senhor é inglês – perguntou Carl, desta vez em inglês e com uma ignorância bem dissimulada.

– Americano.

– Então não cabe aqui usar aquele bom e velho provérbio que diz que somente os cachorros loucos e os ingleses saem no sol do meio dia, não é mesmo? – disse Carl. – Aqui, tome – e abriu o zíper de sua bolsa. – Eu sempre ando equipado com um chapéu extra.

Ele lhe estendeu um chapéu de safári australiano, dobrado num dos lados e espetado no topo da cabeça.

– Que acha de eu lhe dar uma carona até a minha casa para tomarmos alguma coisa refrescante e sairmos deste sol abrasador? – sugeriu Carl.

Aquela era a gentileza esperada de um estrangeiro para com outro, um deles conhecedor das redondezas e o outro obviamente perdido.

Mesmo antes de montar com sua bunda firme na garupa da bicicleta, Jack já tinha dado uma boa avaliada em Carl Mider e concluído que a sua fotografia não lhe havia feito justiça. O Carl em carne e osso era muito mais bonito, apesar de ter aquela cara de intelectual freqüentemente associada às pessoas que lidam com as ciências.

Os óculos de aro de tartaruga de Carl, com lentes que enfatizavam os seus olhos azuis claros, só realçavam o seu ar de acadêmico. Por outro lado, seu cabelo loiro desgrenhado, ou os poucos fios soltos que Jack podia ver despontando sob o boné de beisebol dos Redskins virado para trás, era bem masculino. O nariz pequeno e os lábios excessivamente finos de Carl completavam a figura de alguém que mais parecia um estudante do que um professor. Mas aparências enganam, Carl era altamente respeitado, não apenas como médico, mas como alguém cuja pesquisa a respeito de plantas pouco conhecidas tinha sido reconhecida como de primeira classe por alguns jornais médicos muito prestigiados.

Como não havia lugar para colocar os braços na bicicleta, Jack pousou suas mãos ao redor da cintura de Carl. A área circunscrita por seus dedos era sólida como uma rocha. O fato de Carl fazer grande parte de sua pesquisa no campo mantinha-o em plena forma, uma exceção entre os homens fisicamente ativos que Jack conhecia, que mesmo assim batalhavam contra a barriga de cerveja e os pneus inevitáveis. Não teria feito a menor diferença para Jack se Carl fosse feio como um espantalho, ou completamente fora de forma. Contudo, o fato de não ser nada disso era decididamente um bônus.

Com habilidade, Carl pedalou pela rua do Riacho até onde ela cortava o mercado com suas barracas recheadas de frutas, peixes, carnes, aves, moscas e gente. Os que olhavam na sua direção pareciam prestar pouca atenção, o que era estranho, já que havia tão poucos estrangeiros em Zanzibar desde a revolução.

A bicicleta desviou para a direita e parou por completo.

Ambos desmontaram e Carl apontou o caminho para os degraus à frente do museu.

Havia um velho negro de pé em frente à porta principal.

— Jasper! — saudou Carl.

Jasper fez um meneio de cabeça quando os dois homens passaram.

O interior mal iluminado estava mais quente do que a rua.

Carl guiou Jack por várias caixas envidraçadas, parando em frente a uma delas.

— Pode imaginar um lugar mais apropriado para um médico, do que um museu com as anotações do primeiro e único doutor Livingstone?

Ele abriu uma porta empenada pela umidade com a mesma dificuldade que Jack havia experimentado nas portas de seu hotel.

Carl convidou Jack pelo a entrar no apartamento.

— Não é nada demais, mas é perfeitamente habitável — definiu Carl. — Para falar a verdade, é mais do que bom, se comparado a alguns dos lugares em que eu já estive.

Era um lugar pequeno e amontoado mas agradável, pelo ar fresco que entrava através de uma das várias janelas abertas.

— Por favor, não faça cerimônia e sente-se na cama. Tenho

uma única cadeira, que exige habilidade para evitar que jogue a pessoa no chão.

Jack sentou-se na cama de lona.

Carl fechou a porta e se apoiou nela para se certificar de que estava realmente fechada.

— Podemos conversar livremente aqui — disse Carl, com a atenção voltada para seu convidado. — Mesmo que o governo tivesse acesso a equipamentos de escuta sofisticados (e até onde eu sei, ele não tem), duvido muito que pudessem pagar por eles. Portanto, por favor, diga-me que Field estava mentindo quando disse que caso o seu trabalho o obrigasse, você seria capaz de comer o cu de um cavalo, ou até mesmo se disporia a ser comido por ele de bom grado.

— Tem algum cavalo especial em mente?

— Para falar a verdade, estou pensando em mim mesmo, apesar de a comparação com um cavalo não ser a mais apropriada. Não há porque fingir. Meu pau só mede quatorze centímetros quando duro. Sabe quanto tempo já faz desde que esta vara fodeu uma bunda bem gostoso?

— De acordo com a sua ficha, você já está na África há dois anos. Um ano e meio em terra firme, colaborando com uma clínica de médicos de pés descalços patrocinada pelo governo suíço, e os últimos seis meses aqui em Zanzibar. Mas você com certeza teve um recreio com algum colega sueco, e um dos talentos locais.

— Duas vezes, no que se refere aos suecos — admitiu Carl. — Afinal de contas, eles são o único grupo de estrangeiros que realmente descobriram a barganha de turistas que é Zanzibar. Aventuras sexuais com a população nativa, porém, nem pensar. A homossexualidade é contra a lei por aqui. Foi por isso que pedi que Field me enviasse um acompanhante de viagem gay. A última coisa que eu quero, depois de ter dedicado os últimos dois anos da minha vida a este projeto, é foder com tudo (perdão pelo duplo sentido), sendo pego em flagrante delito com o trabuco grande, grosso e negro de algum garanhão local enfiado em algum buraco do meu corpo.

Jack suspeitou que o pagamento oferecido a Carl, a contar pela quantia que Jack estava recebendo por sua participação, seria mais do que suficiente para compensar qualquer que fosse o inconveniente gerado pela sua abstinência sexual.

– Cuidemos primeiro das coisas mais importantes – disse Carl. – Parece que você está precisando de uma bebida, ou isso é só uma excelente representação?

– Eu gostaria de beber alguma coisa – admitiu Jack.

– Uma bebida saindo – prometeu Carl.

Ele se voltou para uma pilha de cocos verdes num dos cantos e pegou um deles, levando-o até uma bancada. Pegou um facão, segurou o coco sobre uma balde e cortou a tampa da fruta, sem deixar cair uma única gota do seu líquido. Ele pôs o facão de lado e trouxe o resultado decapitado para Jack. Foi até um armário de louça pregado precariamente na parede e abriu uma de suas portas.

– Desculpe por não ter lhe oferecido um gole da minha última garrafa de Coca – ele disse, mostrando a garrafa em questão, – mas eu fui ficando cada vez menos hospitaleiro com o passar dos meus dias aqui.

Ele abriu a tampa da garrafa com a parte de baixo da lâmina do facão. A tampinha saltou e o líquido quente derramou, mas ele foi rápido e prendeu os seus lábios finos sensualmente ao redor do gargalo fálico da garrafa para conter a explosão. Seguiu então até a cadeira, perto de onde Jack estava sentado, e soltou cuidadosamente o peso de seu traseiro sobre ela.

Jack tomou mais um gole do conteúdo surpreendentemente refrescante do coco aberto.

– Atualmente, é principalmente isto aqui que é enfiado na minha bunda – disse Carl erguendo a garrafa de Coca para que não houvesse como não compreender a sua insinuação. – A principal vantagem é que ela nunca fica mole e está sempre ereta quando eu estou a fim de dar. Já quando o negócio é comer, eu me valho principalmente do que você tem nas mãos no momento.

Jack parou no meio de um gole.

Carl riu. Ele tinha uma risada gostosa que combinava bem com a sua aparência de menino intelectual.

– Oh, não este coco em particular – Carl lhe assegurou, – mas com certeza, toda uma variedade de seus irmãos, pais, primos e tios. Todos eles perfeitamente adequados para a função com a simples perfuração de um buraco estrategicamente localizado, aqui ou ali, feito de acordo com certas medidas anatômicas específicas.

— Eu gostaria de ver você comendo um coco – disse Jack e não estava mentindo.

A simples idéia do pau de Carl entrando e saindo do coco, sacudindo a água da fruta, foi suficiente para provocar uma ereção em Jack.

— Só que eu já estou cansado de comer cocos – lembrou Carl.

— Que tal eu comer você no lugar disso?

— Por que não? –disse Jack, dando de ombros.

De acordo com a sua experiência, fazer sexo com caras que estavam no maior atraso era uma experiência bastante satisfatória. Ainda mais quando ele era tão bem pago para isso, como agora.

— Que tal se eu comer um coco enquanto você come a minha bunda?

— Eu tenho aula de swahili em... – Carl olhou para o relógio – Ora, por que não?

Carl se levantou voltou à bancada, dobrou uma folha de papel alumínio numa tira muito fina a entregou para Jack.

— Ponha o seu pau para fora e enrole esta tira na parte mais grossa – instruiu Carl. – Vou ver o que posso fazer por você no pouco tempo de que disponho.

A única dificuldade de Jack foi a de querer pegar seu pau através do zíper aberto, pois ele já estava tão duro que não dobrou nem um pouco. Ele acabou tirando as calças e a cueca junto.

— Meu Deus! – disse Carl admirado. – Você e este maravilhoso pau duro são um verdadeiro colírio para os meus pobres olhos!

Jack usou a folha de alumínio para tirar o molde da parte mais grossa de seu pau e estendeu o resultado para Carl, que retornou com ele à bancada. Pegou então um novo coco da pilha e usou o círculo de alumínio para medir o tamanho do buraco que iria fazer. Colocou o coco num torno, que também era usado para outras tarefas mais oficiais, e fez o orifício do tamanho apropriado.

Diferentemente dos cocos encontrados nos supermercados americanos, este vinha diretamente da árvore e ainda tinha a casca verde com seus vários centímetros de fibra altamente compacta recobrindo a concha escura e mais reconhecível com a fruta branca e cremosa em seu interior. O coco estava repleto de água, muito mais do que o que costumava haver nos cocos vendidos normalmente nas lojas.

A julgar pela facilidade com que Carl executava seus movimentos, Jack percebeu que ele tinha muita prática no que estava fazendo. À medida que o coco era preparado para o seu pau, Jack ficava cada vez mais excitado. Ele já estava havia tanto tempo nesta vida que, quando uma coisa nova surgia no horizonte, ele sempre ficava muito tesudo.

Carl terminou a sua tarefa com uma pequena lima.

— Eu não gostaria que uma farpa danificasse esse seu impressionante naco de carne — disse Carl e averiguou o acabamento, que apesar de não estar tão perfeito quanto ele gostaria, ia dar para o gasto, considerando o pouco tempo de que dispunham.

Esperava-se que os alunos matriculados no Instituto de Estudo de Línguas Swahili de Zanzibar estivessem mais interessados nos estudos do que em qualquer outra coisa, portanto os professores encaravam atrasos ou despreparo de qualquer lição como um indício de falta de dedicação. Não eram poucos os que haviam sido afastados por causa de atrasos. Tinha sido difícil matricular Carl no instituto e, como isso fazia parte do seu disfarce para estar em Zanzibar, era importante que ele mantivesse um bom relacionamento com o pessoal de lá.

— Quer experimentar este tamanho aqui? — perguntou Carl, achando que ele e Jack ainda dispunham de algum tempo.

Contudo, antes de lhe passar o coco perfurado, ele usou uma caneta coberta de feltro para desenhar dois olhos e um nariz sobre a casca. O buraco que ele tinha feito no coco parecia agora a boca ávida de um alienígena de cabeça verde, louco para chupar um pau.

— Conheça o senhor Cory Coco — apresentou Carl. — Tente não desperdiçar nenhuma gota do líquido que borbulha dentro da garganta de Cory. É sempre melhor foder com um pouco de umidade do que a seco, não é mesmo? Falando nisso, talvez seja necessário usar uma quantidade extra de lubrificante, já que eu não sei se o buraco não ficou um pouco pequeno demais. Eu por acaso tenho manteiga de cacau aqui comigo — ele disse, pegando um frasco. — Melhor ainda, que tal eu lubrificá-lo para você?

Jack se levantou e Carl se ajoelhou em frente à sua impressionante pica endurecida.

— Segure o coco só por um momento, certo, garanhão? — pediu Carl.

Uma vez livre do coco, ele escavou um pouco de manteiga de cacau de dentro do pote e a esfregou no pau de Jack.

— Cara, eu não consigo acreditar que esteja segurando uma genuína pica americana dura como um rocha.

Depois de passar uma grossa camada de lubrificante, Carl pediu o coco de volta, que ele foi virando até o líquido despontar de sua boca aberta. Pegou então novamente o pau de Jack como se estivesse agarrando uma alavanca que iria ligar numa máquina potente, o que era na verdade o caso. Ele puxou o pau de Jack de sua posição vertical até deixá-lo paralelo ao chão e colocou a cabecinha diretamente na boca inclinada do coco.

— Hora de comer Cory Coco — disse Carl.

Jack estava ávido demais para conseguir conter uma arrancada para a frente na mesma hora em que Carl ergueu a fruta buscando um alinhamento mais perfeito do pau lubrificado com o buraco disponível. O membro de Jack deslizou pela abertura, fazendo com que só um pouco da água da fruta e da manteiga de cacau se misturasse aos negros pêlos do baixo ventre de Jack.

— É refrescante — disse Jack.

Ele queria dizer isso no sentido literal e figurado. A casca protetora de um coco recém-colhido da árvore é o que faz com que a sua água, ainda que dentro de uma fruta ao sol, mantenha um frescor capaz de matar qualquer sede.

— Cory é uma fruta de sorte — disse Carl erguendo-se. — Eu estou com ciúmes, mas isso não vai durar muito tempo.

Jack viu Carl despir-se, deliciado com a cena. Como ele havia suposto, o estômago de Carl não apresentava nem um único grama de gordura a mais. Seus ilíacos eram proeminentes e sua barriga, levemente côncava sem, no entanto, ser por isso menos atraente. Tirando os pêlos loiros da sua moita de pentelhos e os fios igualmente loiros e desgrenhados de sua cabeça, Carl parecia não ter pêlos. A definição dos seus músculos, bastante visível, não era o resultado de uma malhação ferrenha e sim algo mais delineado, como filigranas numa folha de ouro.

Sim, Jack bem que poderia ter comido um cavalo ou ser comido por um, se isso fizesse parte do seu trabalho. Contudo, não havia dúvida de que ser comido por alguém como Carl facilitava muito que seu êxtase fosse genuíno. Mas havia um porém: se Jack alguma vez transasse com Carl face a face, ele lhe pediria para que tirasse os óculos. Apesar de algumas pessoas ficarem bem melhores de óculos, Carl era um dos que ficaria muito melhor sem eles. No momento Carl estava se preparando para montar em Jack por trás, não importando portanto se ele estava ou não usando óculos.

Havia, contudo, uma última coisa a ser resolvida antes de dar início à trepada.

— Você tem uma camisinha ou quer uma das minhas? — perguntou Jack.

— Boa pergunta — comentou Carl. — Já faz tanto tempo desde a última vez que eu comi uma pessoa de verdade... Você sabe, os cocos raramente insistem no uso de qualquer tipo de proteção. Que tal usarmos uma das suas? Eu tenho um estoque, mas o clima miserável daqui é conhecido por fazer mal tanto ao látex quanto às pessoas.

— Há uma no bolso direito da minha camisa.

— Gosto de jovens precavidos — disse Carl. — E já que estamos falando de sua camisa, por que não deixa que eu o ajude a tirá-la? Você tem um corpo bonito demais para deixá-lo até mesmo parcialmente coberto.

Quando ambos estavam completamente nus, exceto pelos óculos de Carl, este desenrolou a camisinha ao longo de seu cacete duro como pedra. A camisinha era preta, uma ironia para com a negra Zanzibar.

Satisfeito por Carl já estar vestido para trepar, Jack virou a sua bunda na direção do outro. Agarrou Cory Coco com as mãos, de modo com que seus dedos pareciam estar em concha sobre as orelhas de um alienígena. Mesmo antes da pica de Carl se alinhar com seu cu, as mãos de Jack já estavam experimentando o prazer de ser chupado pelo coco. Jack podia dizer logo de cara, enquanto guiava a fruta perfurada em direção à base do seu pau e então para cima, que ia gostar de verdade daquilo. Seu deleite com certeza cresceria ainda mais quando a jeba dura de Carl estivesse enterrada até o talo em seu traseiro.

E por falar em pau duro, o de Carl estava ficando cada vez maior a cada segundo.

Carl estava excitado. Realmente excitado. Já fazia mais de dois anos que ele não fodia alguém tão bonito quanto Jack, com uma bunda tão convidativa quanto a dele. Talvez ele nunca tivesse comido alguém tão bonito, nem com uma bunda tão convidativa.

As mãos de Carl tremiam enquanto separavam as nádegas suculentas de Jack. Sob a ponta dos dedos de Carl, as nádegas de Jack se contraíram e soltaram enquanto o pau duro do americano invadia as profundezas da cabeça de Cory Coco para depois sair para a quase liberdade. Seu cu também se contraía e descontraía, num convite ao beijo da boca do pau de Carl, já pronto para esporrar.

Carl começou a ficar com água na boca, sem conseguir se controlar. Literalmente. Grandes ondas de saliva enchiam a sua boca e a inundavam. As engolidas e lambidas frenéticas não eram suficientes para evitar que seus lábios se molhassem de saliva. Ele imaginou os filetes de baba tecendo trilhas sobre o seu queixo, pingando sobre o seu peito e barriga e até desenhando figuras em seus pentelhos.

Carl curvou sua mão esquerda e abriu caminho com a ponta de seus dedos pelo rego de Jack de cima a baixo. Ao mover assim os dedos, abriu o espaço entre as nádegas apertadas de Jack para mirar no cu que ansiava por ele, guardado, como que entre parênteses, pelo halo de pêlos escuros de cheiro forte.

Com a mão direita Carl levou o seu pau até o alvo, ameaçando ser engolido. Foi nessa hora que Carl teve a certeza de que trepar com Jack seria muito, muito bom, ainda mais se considerando os espécimes inferiores que tinham vindo antes dele. Carl tentou como pôde diminuir o ritmo crescente de sua paixão, mas estava desesperado para sentir o pau enchendo o reto de Jack, seu caralho engolido por aquela bunda até que não houvesse mais nenhum pedacinho dele sobrando.

Jack não estava preocupado com a demora de Carl. Ele conhecia as vantagens de não se apressar uma trepada. A expectativa era um afrodisíaco poderoso. Não ter o pau de Carl imediatamente dentro de si apenas fez com que Jack o desejasse ainda mais. Até mesmo pensar no momento que estava por vir, quando o pau de

Carl entraria completamente nele, intensificava o prazer de Jack por foder o coco.

O ajuste apertado dentro da fruta, combinado com a manteiga de cacau que agia como vedante e lubrificante, criou um vácuo que foi ficando cada vez mais forte toda vez que um recuo da ereção de Jack agitava a água, derramando um pouco pela casca. Era como se aquele coco fosse uma cabeça de verdade, movida por um cérebro de verdade que estava trabalhando conscientemente para fazer um boquete em Jack do qual ele não se esqueceria tão cedo.

— Isso — disse Jack, saudando o avanço da cabeça emborrachada do pau de Carl pela sua porta anal.

Jack aumentou o espaço entre as suas pernas em busca de um melhor equilíbrio. A última coisa que ele queria era chorar pelo leite literalmente derramado.

Ainda bem que Jack estava preparado, pois Carl já estava fora de controle. Se ele, assim como Jack, também conhecia as vantagens de uma trepada longa e demorada, era certamente uma área mais primitiva e necessitada do seu cérebro que estava mandando o seu pau para dentro de Jack com tamanho espírito vingativo.

— Ughh — Jack respondeu, puxando simultaneamente o coco para baixo contra o seu ventre para ajudar a manter o equilíbrio.

A estabilidade dos dois homens deveu-se também, em parte, à velocidade com que Carl empurrou o seu pau fundo no rabo apertado de Jack, agarrou os seus quadris e recuou.

— Que cuzinho delicioso — Carl gritou bem alto, torcendo para que apenas Jack e ele tivessem escutado.

Sua opinião sobre o cu de Jack não mudou quando este exerceu uma pressão interna que pareceu esticar o pau de Carl até o dobro de seu comprimento. A simples sensação de ter tanto de seu pau enchendo o cu daquele garanhão provocou coisas ainda mais agradáveis nas entranhas de Carl. Apesar de a trepada ter apenas começado, Carl já tinha agüentado o que podia dela nesta primeira sessão.

— Isso, me enraba — Jack encorajou, fazendo o seu cu mastigar mais uma vez o pau de Carl enterrado nele.

Se ele soubesse em que estágio Carl estava, talvez tivesse desistido daquele apertão. Ele certamente teria evitado o repentino movimento circular de seu cu, contraído com força, provocando um prazer intenso em Carl, ao mesmo tempo que ameaçava torcer o seu pau e arrancá-lo de sua base.

— Desculpe — foi tudo o que Carl pôde dizer quando ficou óbvio que tudo o que ele precisava para atingir o orgasmo era aquela estocada na bunda do garanhão. — Desculpe — ele repetiu, enquanto o desejo ferveu e não pode mais ser negado. — Desculpe — ele murmurou, quando os fogos de artifício começaram a espocar, fundo no seu ventre, relampejando em todas as direções a partir de seu ponto de origem como uma estrela supernova. — Desculpe — ele grunhiu guturalmente, enquanto o seu pau enterrado, no cu de Jack ejaculava muita porra grossa na ponta da camisinha preta que inchava a ponto de estourar.

Quando finalmente se deu conta de que Carl não ia, pelo menos desta vez, passar um tempo razoável comendo a sua bunda, Jack começou uma série de bombadas rápidas no coco. Como sabia que não havia mais razão para retardar o orgasmo, ele se desligou de qualquer esforço consciente para evitá-lo e seguiu o fluxo de suas sensações. Suas mãos bombaram o coco sobre o seu pau como um pistão, mais rápido que qualquer cabeça de verdade teria conseguido fazer e ele atingiu o orgasmo, se não em direta sincronia com a explosão prematura de Carl, não muito depois. Na verdade, apesar de sem porra, o pau de Carl ainda estava duro e dentro da bunda de Jack quando a sua erupção deu um apertão adicional no pedaço de carne já exaurida de toda porra.

Carl se entregou inteiramente ao misto de dor e prazer intensos de sua pica estimulada sendo molestada pelas contrações anais de Jack (provocadas pela força da porra de Jack recheando a garganta do coco), suficientes para arrastar Carl a um outro orgasmo, embora seco.

— Desculpe — foi tudo o que Carl foi mais uma vez capaz de dizer, quando finalmente recuperou a fala que o havia abandonado temporariamente.

— Desculpe pelo quê? — Jack quis saber. — Você gozou. Eu gozei. Você queria mais?

Se Jack tivesse sugerido que eles começassem novamente, ali mesmo, naquela hora, Carl teria jogado a precaução pela janela e aceito a oferta. Mais tarde ele agradeceria a Deus por um deles ter mantido o juízo.

– Nós temos bastante tempo para mais brincadeiras e diversões... – prometeu Jack, para então lembrá-lo: – Mas agora me parece que você tem uma aula de swahili.

– Meu Deus! – foi a exclamação de concordância e desapontamento de Carl.

3

Jack ainda permaneceu no museu depois que Carl foi embora. A atitude casava com o disfarce que ele estava usando na ilha.

Jack procurou por Jasper e lhe deu o dinheiro para pagar pela entrada. Fazia tanto tempo que o museu não tinha um visitante pagante que Jasper parecia não saber o que fazer com o dinheiro. Com certeza não havia tíquetes que tivessem sobrado dos bons tempos. A entrada oficial atualmente consistia em Jasper levar Jack até a sala principal, deixando o visitante por sua própria conta.

Não teria sido preciso nenhum esforço para violar qualquer uma das caixas envidraçadas. Havia vários meios também de fazer desaparecer quase qualquer coisa da ilha, extra-oficialmente. Mas será que havia realmente alguma coisa naquele recinto que valesse o esforço? O escritos do doutor Livingstone, manchados pela umidade e verdes de musgo, corriam o risco de se desintegrarem caso fossem expostos a mais ar ou umidade.

Jack demorou-se na exposição dos objetos de Livingstone, com seu diário aberto em páginas cuja tinta esmaecida pelo tempo talvez explicasse uma receita ou a sua lista para a lavanderia. A exibição incluía a bússola do explorador (com mostrador gasto e ilegível), seu sextante (será que alguém algum dia realmente usara um desses para medir distâncias que não no mar?), uma solitária bota de montaria (sem nenhuma explicação a respeito do que poderia ter acontecido ao seu par), duas luvas carcomidas (pretas agora, talvez outrora cinza-peroladas, talvez certa vez até mesmo brancas)...

Apesar de olhar, Jack não estava enxergando nada, porque a sua mente estava em outro lugar, focada em como tirar o maior prazer possível de um coco. Será que era assim que era feito o leite de coco? A piada, ainda que grosseira, o fez sorrir.

Ele se curvou ligeiramente sobre os joelhos para melhor ajustar o seu pau, que havia inconvenientemente endurecido dentro de suas calças. Seus dedos ainda se demoraram, quase em adoração à protuberância de seu caralho rígido, quando ele se deu conta de que não estava sozinho no recinto. Ele esperava que fosse Jasper e se surpreendeu quando viu que não era.

– Jack Mallard?

Jack tentou não fazer um movimento óbvio demais ao retirar a mão de seu ventre e pousá-la sobre uma caixa perto dele.

– Eu o conheço?

A pergunta de Jack era supérflua, pois ele com certeza não conhecia aquele bofe africano. Ele teria se lembrado. Apesar de preferir loiros, bonitos, de olhos azuis, seu gosto era extremamente eclético. Para a sua sorte, especialmente considerando-se o trabalho em que ele estava envolvido, Jack era capaz de apreciar um macho bem acabado, sem se importar se ele era alto, baixo, gordo, magro, com pau grande ou pequeno, branco, amarelo, vermelho, ou, como nesse caso... negro.

– Konoco Fassal – apresentou-se o recém-chegado.

– Ah, o homem com quem eu deveria me encontrar na Secretaria de Turismo para tratar de minha pesquisa – Jack se deu conta. – É apenas uma coincidência tê-lo encontrado aqui?

– Dificilmente – o sorriso de Konoco se alargou. Seus lábios sensuais e grossos, de cor levemente âmbar, revelaram uma linha perfeita de dentes brancos brilhantes. – É complicado, na verdade. Vamos ver se eu consigo ir direto ao assunto – ele respirou profundamente. – Eu me perdi de você no aeroporto, que era onde eu deveria tê-lo encontrado. Eu o perdi no hotel, onde me disseram que você havia saído sem chapéu, e que ninguém ousou alertá-lo a respeito de sua estupidez para não correr o risco de ofender um de nossos, atualmente, tão raros turistas americanos. Rastrear um americano sem chapéu pelas ruas de Zanzibar não é tarefa das mais difíceis. Na verdade, um primo meu me disse que você havia sido salvo pelo doutor Mider. O doutor Mider aluga um quarto aqui, devido ao seu interesse pela flora local, sobre a qual este museu tem a mais impressionante coleção.

Com uma graça quase fluida, mais dançarino do que funcionário da Secretaria de Turismo da Tanzânia, Konoco passou por Jack.

— Esta exposição, por exemplo, mostrou-se extremamente interessante para o doutor Mider — disse Konoco e indicou o armário alto ao lado do qual ele tinha se posicionado. — *Malele:* um líquen que é desidratado e pulverizado para curar dores de cabeça comuns. *Mbakira:* seu óleo age como purgante, suas folhas como ungüento para entorces, sua seiva (quando misturada com as folhas da ervilha-de-angola), se transforma numa substância hemostática etc...

Jack teve que se aproximar para olhar as coisas mais de perto. O que ele encontrou na mesma exposição foi um cravo mais facilmente identificável, uma especiaria outrora tida como sinônimo de Zanzibar, antes de a revolução ter interrompido a sua produção e expulsado, quase que completamente, todos os árabes proprietários de plantações. Havia menções ao eugenol na placa que o acompanhava: "Um derivativo do cravo-da-índia usado em perfumes e essencias".

— Mas você parecia mais excitado com os objetos do doutor Livingstone.

O modo como Konoco disse "excitado" dava facilmente a entender que ele não tinha deixado de notar o movimento dos dedos de Jack por dento do bolso de sua calça, nem a protuberância que continuava a crescer dentro dela.

— Só estava dando uma volta pelo recinto — disse Jack disfarçando.

— Por falar em dar uma volta por nossa ilha, não nosso museu, eu listei alguns lugares que acredito sejam de seu interesse para colher material para o seu artigo. Não se apresse. Eu acabei vindo para cá porque era meu caminho. Meu primo mora nesta rua, um pouco mais abaixo.

Konoco sorriu novamente. Extraordinário o modo como os seus dentes brilhantes contrastavam com a rica negritude da maior parte dele.

— Não deixe de ver as relíquias históricas mais importantes para o seu artigo, ainda que elas possam estar escondidas nos cantinhos mais escuros — disse Konoco, conduzindo Jack a uma caixa envidraçada no final da longa parede. Jack seguiu o homem negro sem pensar duas vezes.

— Ah, sim — disse Jack, reconhecendo imediatamente o que lhe estava sendo mostrado.

— Totens da eterna vergonha de Zanzibar – disse Konoco.

Jack teve dificuldade em distinguir se o seu tom era mortalmente sério, ou se havia nele um quê de divertimento conforme indicava o seu sorriso.

— Foram as causas pelas quais o nosso proletariado finalmente se ergueu contra os árabes para acabar com o controle que eles exerciam, já de longa data, sobre a ilha. Apesar de, como você provavelmente sabe, na época em que a revolta ocorreu, a escravidão já era proibida havia anos, sendo o controle árabe apenas uma questão de direito sobre o território.

O mostruário envidraçado expunha uma grande variação de correntes, grilhões, cangalhas, algemas, travas, troncos sobre os quais se prendiam os escravos a ferros, chicotes, um...

— Pelourinho – Konoco apontou o tronco de árvore com os respectivos furos para prender a cabeça e as mãos dos escravos. – O árabe que era o proprietário de meu avô, há nem tanto tempo assim, quando os árabes ainda eram senhores de escravos e a maioria de nós, negros, éramos escravos, prendia-o regularmente num desses. Ele baixava as ceroulas de meu avô e açoitava a sua bunda desnuda com um chicote como esse aqui – e indicou um azorrague, um pouco menos cruel que seu similar de metal. – É claro que o meu avô sempre exagerava quando contava a história, vangloriando-se da bunda firme que ele tinha na época. Eu só o conheci, como você pode imaginar, quando ela já beirava o chão como os seios das mulheres velhas.

— Interessante – disse Jack.

E com certeza era, ainda que aquele não fosse exatamente o tipo de informação que ele esperava receber de seu recepcionista oficial.

— Depois de cada surra na bunda de meu avô, o árabe o comia.

Jack achou esta revelação ainda mais surpreendente. Não que ele não acreditasse que aquilo fosse verdade, mas não conseguia entender por que estava tendo acesso a uma informação familiar tão pessoal.

— Isso aconteceu regularmente, durante anos e anos – continuou Konoco. – Cada vez que o árabe achava que vovô estava ficando arrogante demais e precisava ser posto no lugar. Segundo o meu avô, o que o árabe nunca soube é que ele gostava de ter a sua bunda açoitada e comida. Eu, pessoalmente, acho interessante que o árabe nunca o tenha vendido numa época em que os escravos aportavam e partiam desta ilha aos montes.

Konoco apertou os lábios e revirou os olhos pensativamente.

– Você deve estar achando isso tudo um pouco exagerado – ele disse finalmente, – o que me leva a crer que o sexo entre dois homens, tão comum na época da escravidão, mudou muito pouco desde então.

– Talvez você pudesse me conseguir uma entrevista com o seu avô – sugeriu Jack.

Jack estava realmente muito interessado em ouvir o que o velho homem teria a dizer a respeito dos bons e velhos tempos de sacanagem, apesar de provavelmente ter que passar a maior parte de seu tempo servindo a Carl.

– Você teria que ser um médium para falar com ele.

– Ele morreu – adivinhou Jack.

– Com cento e dois anos. Partiu feliz. Ele não gostava de Zanzibar depois do fim da escravidão. Passou a gostar ainda menos quando todos os árabes foram assassinados ou expulsos. Ele certamente nunca foi muito afeiçoado à facção que está atualmente no poder. Acho que ele sentia falta das chicotadas ministradas em sua bunda pelo seu senhor. Estou convencido de que ele sentia falta de seus tempos de bunda firme e atraente.

– Eu acho isso tudo muito interessante – não havia mentira nenhuma nisso – mas... Jack olhou exageradamente para todos os lados do mostruário, sob e ao redor dele e ainda sob uma mesa próxima – será que eu deveria checar se há microfones escondidos por aqui?

– Ah! – a risada de Konoco irrompeu alta, feliz e parecia sincera. – Está dizendo isso por conta da homossexualidade ser contra as nossas leis atuais, não é?

– Eu entendi certo, não é?

– Não creio que o meu governo tenha acesso a este tipo de microfone ou mesmo a uma tecnologia mais rudimentar. Ainda que tivesse, duvido que pudesse arcar com os gastos.

Isto soou tão parecido com o que Carl lhe havia dito que Jack não pôde deixar de se perguntar se a sua conversa com ele tinha sido gravada e lhe estava sendo repetida.

– Por outro lado, você não deve se surpreender se for abordado por homens, rapazes, moças ou mulheres aqui em Zanzibar. Mesmo nos dias de hoje as bundas, bocetas, bocas acabam dando um jeito de se entender, ainda mais, com a nação tão pobre a ponto de as pessoas não terem nada de muito valor para vender, exceto a si mesmas. As leis, que na verdade estão apenas no papel, são freqüentemente violadas. Se todos os nativos de Zanzibar que se envolvem sexualmente com um turista fossem presos, uma boa porção de nossa população, homens e mulheres, jovens e velhos, estaria atrás das grades. Sem mencionar a perda da moeda estrangeira, tão necessária para nós. Falando nisso, sinta-se à vontade para distribuir uma ou mais de suas notas de um dólar. Quantas você carrega em meio às suas roupas? Cem delas talvez?

– Eu tinha a intenção de usá-las como gorjeta, mas fui especificamente avisado, assim como todos os passageiros do meu vôo, de que era absolutamente proibido usar outro dinheiro que não a moeda corrente devidamente obtida numa agência de câmbio licenciada pelo governo.

– Você sabe o que se pode comprar atualmente em Zanzibar com uma nota de um dólar americano? Um par de tênis Nike no mercado negro novinho em folha. Ou dois dias inteirinhos de passeio turístico com refeições incluídas. Bocetas aos montes, se esta for a sua preferência, ou cus e paus caso seja essa a sua predileção.

– Você se esqueceu de mencionar a cadeia – lembrou Jack, – sem nenhum consulado americano à mão para mexer os pauzinhos necessários para tirar o americano criminoso da prisão.

– Qual você acha que seria a probabilidade de turistas americanos, visitas já tão raras na nossa ilha, virem às nossas praias caso prendêssemos um deles? Lembre-se de que o governo anseia pelos seus dólares tanto quanto o povo. O aviso que foi dado assim que vocês aterrissaram, de trocar dinheiro apenas em agências de câmbio do governo, é um mero artifício das autoridades para colocar todos os dólares no bolso deles e não nos nossos. Quando foi a última vez que você ouviu falar de um turista sendo preso por aqui, seja qual fosse a sua nacionalidade?

– Eu não gostaria de ser o primeiro depois de todo esse tempo.

Konoco sorriu e então checou seu relógio.

– Meu primo está me esperando – ele disse. – O que acha de eu dar um pulo no seu hotel amanhã de manhã para decidirmos o seu itinerário? Talvez possamos até fazer alguns passeios para você se orientar.

– Vou estar esperando.

Konoco foi embora e Jack se voltou para o mostruário com seus artigos do outrora tão importante mercado de escravos de Zanzibar. Jack ficou pensando naquele árabe que tinha o poder inquestionável de ordenar ao avô de Konoco que baixasse as suas calças, prendendo-o pelo pescoço e pelos pulsos ao pelourinho, com a bunda preta exposta aos açoites e ao seu pau insaciável, tudo sem o menor empecilho.

Ao voltar para o seu quarto do hotel, os pensamentos de Jack ainda estavam no escravo naquele pelourinho. O negro, porém, não era mais o avô, e sim o próprio Konoco e o poder sobre sua bunda negra não era mais exercido por um árabe, e sim por Jack.

– Baixe suas calças, seu negro desgraçado! – ordenou Jack.

De frente para o espelho de parede desbotado e rachado, foi Jack quem baixou as calças.

Sua cueca estava volumosa com a sua ereção. A cabecinha tinha aberto caminho em busca de liberdade para além da tira de elástico da cintura e descansava, em todo o seu esplendor, sobre a curva de seu umbigo.

– Debulhe, negrinho! – ordenou Jack para a sua própria imagem, tirando a sua camisa e camiseta de baixo.

A abertura de sua cueca estava ensopada com o lubrificante natural que tinha escorrido incessantemente do seu pau desde que ele tinha começado a passear entre as caixas envidraçados do museu. Uma teia pegajosa de secreção evidenciou-se quando Jack puxou sua pica para fora da fenda de algodão molhado de sua cueca, deixando-a completamente ensopada ao ar livre, de encontro com a sua barriga esbelta.

– Você se orgulha deste pau preto grande, não é, negro? – perguntou Jack, para depois baixar a cueca e finalmente tirá-la. – Mas não é esse naco grande de carne dura que me interessa, não é mesmo? Vamos então dar uma olhada nessa sua bunda firme e preta.

Ele virou a sua própria bunda bem feita em direção ao espelho. Era uma bunda bem tesuda. E daí que aquela fosse uma bunda branca e não preta? Era hora de se deixar levar pela fantasia!

– Talvez desta vez eu agarre essa sua pica grande e preta e toque uma punheta para você até espremer sua porra branca enquanto como o seu cu com o meu pequeno pau branco – disse Jack.
– Você gostaria disso?

Não havia nenhum pelourinho no quarto de hotel, mas Jack imaginou Konoco preso num deles mesmo assim. Deitado na cama do hotel, o bolor da colcha úmida sob a sua bunda e costas, Jack se imaginava de pé, atrás de Konoco, com o seu pau pronto para o grande mergulho na fantástica bunda do negro aprisionado.

Com a mão esquerda ele puxou o seu pau para posição de disparo. Sua mão direita apertou e mirou a cabecinha.

– Meu pau está na sua porta, negro – Jack disse e fechou os seus olhos. – Eu vou meter o meu pau branco na sua bunda preta retinta e não há nada que você possa fazer a respeito. Nada. – Seu punho se abriu ao ser apertado contra o pau. Sua mão deslizou pela sua pica até chegar aos pêlos pretos que desenhavam um halo em torno da raiz de sua rola dura. Ele deu várias bombadas apertadas e rápidas.

– Estou comendo esta bunda firme e apertada de negro – ele disse.

Jack passou para um ritmo de punheta mais lento e metódico.
– Estamos engrenando agora, não é mesmo, seu escravo gostosão? – ele disse.

Seu punho cerrado torceu levemente o pau, aumentando a fricção e o prazer.

– Isso, isso – ele dizia, elogiando o seu próprio talento. Ele tinha bastante experiência em punhetas e dominava os métodos mais eficazes de tirar o máximo de proveito delas. Sabia com que firmeza devia agarrar o seu pau. Sabia até onde, tanto para cima quanto para baixo, devia deslizar a cada bombada. Com quanta força e a que velocidade mover seu punho cerrado sobre o pau para conectá-lo a cada estímulo de prazer.

A desvantagem de tocar uma bronha era que ele estava familiarizado demais com o que lhe dava mais prazer, o que tornava todo o processo rápido demais. Tudo bem quando ele só estava a fim de aliviar um pouco de tensão, mas quando embarcava para valer numa fantasia, como a de encher o cu de um escravo preso no pelourinho, e queria fazer com que ela durasse, era preciso abrir mão de alguns de seus talentos para que a masturbação não fosse tão perfeita.

– Nós vamos fazer isto durar, Konoco, meu homem, porque você tem sido um escravo muito mal comportado, não é mesmo?

Jack seguiu em frente alegremente. De olhos fechados imaginou Konoco preso pelos pés e pela cabeça, a bunda projetada, pronta para ser enrabada, o pau de Jack dentro do cu de ébano, num belo preto e branco.

Se Jack se esforçasse, seria capaz de ouvir o som sensual de sua barriga batendo em Konoco a cada metida em seu rabo, cada vez que se agitasse dentro dele. Se prestasse bastante atenção poderia ouvir os gemidos de prazer de Konoco, mas era Jack quem na verdade estava fazendo todos os sons guturais.

Sua mão livre correu pela barriga até chegar ao peito. Lá ela encontrou um dos mamilos já retesados e o beliscou, deixando-o ainda mais duro.

– Diga-me, Konoco, o que você acha de eu deixar o seu mamilo cor de carvão ainda mais duro? – perguntou, e então respondeu: – Eu gosto muito quando o senhor faz isso. Gosto de verdade.

Jack encontrou o seu outro mamilo e o beliscou para provocá-lo da mesma maneira.

– E isso, Konoco? – perguntou ao seu amante fantasma e então respondeu: – Bom, chefe. Bom mesmo. Ninguém belisca o mamilo desse negro melhor do que o sinhô *Mallard*.

Jack continuou, intensificando a sua dor, sem no entanto permitir que ela se sobrepusesse ao prazer. Ele queria senti-los em perfeita harmonia e estava conseguindo.

Deixou de beliscar os mamilos e desceu a mão pelo peito e a barriga. Com a mão espalmada, seguiu até o seu ventre, prendendo a grossa raiz do seu pau entre o dedo médio e o anular. Exerceu então uma pressão para baixo, apertando toda a parte ao redor da base do seu pau. Sua ereção cresceu mais alta e firme.

– Oh, que... bela trepada... seu escravo negro... – ele disse, elogiando o seu parceiro.

Seu prazer se expandia num ritmo perfeito para ele desfrutar da cena que sua mente continuava a criar com tanto sucesso.

Mais algumas bombadas, combinadas com mais imagens da bunda preta de Konoco engolindo os grossos centímetros brancos de seu pau e ele logo esporrava.

Antes de gozar gostoso, afastou os dedos que apertavam a raiz do seu caralho e deslizou a mão pela coxa esquerda até conseguir beliscar a sua nádega. Dobrou os joelhos e apoiou os pés na colcha. Guiou o dedo indicador da mão esquerda para dentro de seu cu úmido enquanto continuava a bater.

No momento preciso, Jack inverteu a fantasia e passou a ser o passivo em vez do ativo.

Não era mais Konoco quem estava preso no pelourinho mas Jack, nu e vulnerável. Não era mais a bunda preta de Konoco que estava sendo comida pelo pau branco de Jack, mas a bunda branca de Jack que estava sendo socada pelo cacete preto e grosso do negro de Zanzibar. Não era mais Konoco quem respondia aos comandos verbais de seu senhor branco, era Jack que implorava... "Me coma, pelo amor de Deus, me coma" enquanto o dedo médio de Jack entrava sem cerimônia cada vez mais rápido e mais fundo na sua bunda.

Os quadris de Jack ergueram o seu cu para encaixá-lo melhor sobre o dedo violador.

– Oh, sinhô negro – ele grunhia enquanto suas pregas violadas engoliam o dedo introduzido, aderindo a ele como uma supercola escorrendo por uma cavilha. O seu pau ficou ainda mais duro e molhado, aninhado na palma de sua mão punheteira.

Não faltava muito para ele gozar. Não havia como negar. Imaginar-se comendo a bunda de um negro já tinha sido excitante, mas Jack estava surpreso em ver como a idéia de estar na outra ponta era ainda mais excitante.

– Oh, sinhô negro, eu vou gozar – disse.

Ele então dobrou o dedo que estava enterrado no seu cu, encontrando e empurrando a sua próstata. Empurrou-a novamente e se torceu com força contra ela. Jack fez um abdominal, do jeito que os treinadores insistem ser mais eficiente para aplainar a barriga em vez da maneira antiga em que se senta por completo. Os olhos repentinamente abertos de Jack encaravam agora seu grande e grosso mastro agarrado pela sua mão. Os músculos de seu peito e estômago estavam em relevo, fornecendo um estreito e atraente vale que seguia de seu pescoço até a barriga. Seu umbigo estava comprimido, transformado em pouco mais que uma fenda.

O seu pau explodiu naquela hora. Um jato cremoso esguichou da abertura de sua carne dura e masculina. A porra espirrou em jatos rápidos a uma distância tão grande que o primeiro deles chegou à boca parcialmente aberta de Jack. Ele lambeu o gosto salgadinho. Os jatos seguintes se espalharam pelo seu peito e barriga. A porra que não conseguiu sair do seu pau, recheando ainda a sua cabecinha carnuda como o creme do interior de uma bomba, foi espremida pela mão ainda ativa de Jack.

Uma secreção branca escorreu pela cabecinha avermelhada de gozo, e pelo punho de Jack ao redor de seu pau. O muco se juntou à porra formando filetes opacos entre os dedos e os pentelhos escuros de Jack.

4

Jack pediu uísque. Sem gelo. Sem água. Ele não confiava de maneira alguma na água engarrafada de Zanzibar sem ver pessoalmente o lacre sendo rompido. Talvez nem assim. Certamente ele não confiava na água repleta de ferrugem, e provavelmente de bactérias, que corria do velho encanamento do hotel.

Alguém lhe perguntou se ele era americano.

Jack se voltou para uma mesa no canto ocupada por Field Speer e um jovem desconhecido.

Field era obeso e vestia uma roupa tipo safári que parecia pelo menos um número menor do que o seu. Dois botões de sua jaqueta apertavam a barriga, dando todas as indicações de que estavam prestes a explodir. Uma camiseta apropriadamente extragrande evitava que a pele clara de sua barriga ficasse exposta.

A impressão geral que Field provocava era de palidez. Particularmente notável numa ilha tropical onde todos apresentavam algum grau de bronzeado ou negritude.

Até mesmo o seu cabelo, outrora loiro, era agora branco sujo.

Quando Jack chegou perto o suficiente para ver os olhos de Field, quase perdidos em meio a traços faciais que combinavam sobrancelhas espessas e grandes bochechas com papada, ele esperou, apesar de saber que não era o caso, que fossem rosados como os olhos de um albino. Na verdade, os olhos de Field eram de um cinza bem atraente. Mais, eles possuíam uma inteligência inerente que seria tão surpreendente quanto inesperada caso Jack não soubesse que Field era o responsável por todo o projeto no qual ele estava envolvido.

– Achei que eu era o único ianque neste lugar, no meio do nada, esquecido por Deus – mentiu Field de modo convincente e gesticulou a Jack para que se sentasse na cadeira do outro lado, à sua frente. – Achei que o Ferdinand aqui fosse americano. Seu inglês é muito bom, mas acabei descobrindo que ele é filipino.

– Ferdinand Makin – apresentou-se o jovem, que mais parecia um menino, à direita de Field.

Estendeu a mão e apertou os dedos de Jack, que lhe correspondeu num aperto firme, embora não excessivo.

O cabelo de Ferdinand era fino e preto azeviche, curto e com um topete que deveria manter os seus fios lisos no lugar. O estilo não funcionava muito bem porque o cabelo se espalhava, ainda que atraentemente, sobre a sua testa.

Seus olhos pretos não eram nada oblíquos e ficavam bem espaçados de seu delicado nariz. A boca tinha lábios castanhos e cheios. Sua pele tinha um belo bronzeado.

O corpo parecia compacto dentro de um terno azul de linho. Ele estava usando uma gravata azul, do mesmo tom do terno, com o nó propositadamente frouxo, charmosamente abaixo do botão aberto de sua camisa branca de algodão, revelando um peito absolutamente sem pêlos.

– Jack Mallard – Jack se apresentou.

– Como Jack Lemon – disse Field.

– Como o estripador.

– O quê? Ah, você se refere àquele inglês – Field riu apreciando a piada. – Muito bem, Jack Estripador, estou aqui para negociar a compra de cravo. Ferdinand está aqui para fotografar os macacos da ilha, como se o mundo já não estivesse repleto de macacos. E você está aqui para...

– Escrever um artigo sobre o outrora próspero mercado de escravos.

– Falando em fotografar macacos – disse Ferdinand levantando-se, – eu tenho que revelar um filme antes de sair para trabalhar amanhã.

– Isso pode esperar – insistiu Field. – Eu pago a próxima rodada, certo? – ele disse suficientemente alto para que o barman entendesse que ele tinha feito um pedido.

– Obrigado, mas... – Ferdinand fez um gesto para chamar a atenção do barman: – Para mim, não. Voltou-se para Field: – Fica para a próxima, certo? – e para Jack: – Prazer em conhecê-lo.

Jack e Field observaram Ferdinand sair.

O barman, um belo macho negro com cabelo curto e encaracolado e expressivos olhos negros, trouxe dois drinques e voltou à sua posição atrás do bar.

— Preste atenção. Ele é um dos mais fortes concorrentes.

— O barman?

Field riu. Alto. Vigoroso. Ele cheirava levemente a talco e cravo.

— Ferdinand Makin — disse Field. — Parece um vampiro atrás de sangue. Você o acha atraente?

Jack deu de ombros.

— Eu não quis ser intrometido, meu querido — disse Field. — Eu teria feito a mesma pergunta se você fosse hetero até debaixo d'água e Ferdinand uma jovem atraente. O caso é que eu nunca soube o que um homem acha ou não atraente num homem ou numa mulher.

Jack não tinha certeza se acreditava, embora aquilo correspondesse ao boato corrente.

— É verdade — Field percebeu as dúvidas de Jack. — Juro por Deus — ele disse, fazendo o gesto correspondente. — As pessoas me dizem que eu tenho sorte por estar longe de toda a turbulência sexual e que não estou perdendo nada a não ser dor de cabeça e a possibilidade de pegar alguma doença mortal. Algumas vezes, porém, eu não posso deixar de imaginar como seria...

— Quer que eu tente levar o senhor Makin para a cama? — Jack não estava sendo sarcástico.

— Não, a menos que ele comece a criar muitas asinhas — disse Field. — Você e Carl se encontraram conforme o combinado?

— Tive um encontro também com o meu guia turístico. Sabe alguma coisa a respeito de Konoco Fassal?

— Vou descobrir. Até lá, partiremos do pressuposto de que ele está diretamente relacionado com a polícia, o governo, ou ambos.

— Vou me encontrar com ele amanhã para visitar alguns lugares e decidir a respeito do meu itinerário.

Field esvaziou o copo e se levantou.

— Temos que repetir isso em breve — ele disse. — Nós, ianques, temos que ficar juntos. Talvez um jantar, mas não esta noite. Meu estômago está reclamando da vida. Não se levante. Termine a sua bebida. Posso lhe pagar mais uma?

– Isso seria ótimo, obrigado.

– Espero que você aproveite bem a sua estada em Zanzibar, meu jovem – disse Field expansivamente, – mas se eu tivesse a sua idade ou a sua aparência, não estaria perdendo o meu tempo nesta ilha, escrevendo um artigo chato sobre um mercado de escravos há muito extinto.

Jack terminou a sua bebida, seguiu para o seu quarto e desabou sobre a cama que exalava odores desagradáveis de fungos e mofo.

O quarto estava tão quente quanto úmido.

Havia um ventilador no teto que não funcionava. Havia um aparelho de ar-condicionado enorme e feio que não funcionava. Havia janelas e portas duplas envidraçadas até o chão, que davam para uma pequena varanda, embora nenhuma delas pudesse ser aberta amplamente, tão deterioradas que estavam pelo calor e umidade constantes e pela falta de cuidados.

Languidamente, Jack abriu a sua braguilha e apertou o seu pau através do tecido e da abertura da cueca. Alguma coisa naquele clima fazia o seu pau mole parecer ainda mais impressionantemente grande do que de costume.

Ele brincou com o se pau até deixá-lo duro, mas perdeu o interesse. Fechou seus olhos mas não imaginou nem por um momento que fosse conseguir dormir naquela sauna. Duas horas depois, acordou com o pau mole e no escuro. Enfiou o cacete para dentro das calças e levantou da cama rápido demais, passando os três segundos seguintes tentando se livrar da tontura.

Seu cabelo estava úmido, a pele ensopada e as roupas manchadas de suor.

Ele conseguiu chegar até o banheiro, apertando todos os interruptores ao longo do caminho. Não que ele tivesse conseguido acender muitas luzes, apenas duas de um total de seis disponíveis no quarto. Uma avaliação mais de perto mostrou que dois dos soquetes não tinham sequer lâmpadas. Apenas uma luz, dentre uma extensa variedade de lâmpadas queimadas e de soquetes vazios, iluminava o banheiro.

Jack abriu a torneira, pensando em jogar uma água fria e refrescante em seu rosto. Com as mãos em concha ele pegou um pouco da água morna e se deu conta de que ela estava alaranjada. Jogou o conteúdo represado em suas mãos na porcelana rachada da pia e deixou mais água correr, na esperança de que os canos em breve ficassem limpos de ferrugem. Ele se apoiou na pia e deu uma boa olhada para o seu reflexo no espelho.

Apesar de estar morto de calor e sentindo-se entediado pela falta do que fazer, sua aparência era ótima. Seu cabelo estava na espessura e no comprimento certo para parecer arrumado mesmo quando molhado, ainda que este molhado fosse fruto do seu suor, que fazia a sua pele bronzeada brilhar como ouro queimado. A iluminação precária tornava o seu reflexo ainda mais atraente, como as sombras de uma tela a óleo de Rembrandt.

Ele fechou a torneira, de onde ainda corria água enferrujada, e decidiu tomar um banho depois de olhar as horas para ter certeza de que não perderia o jantar, apesar de ter medo de imaginar quais seriam as iguarias preparadas pela cozinha do hotel.

O encanamento da banheira não se mostrou mais cooperativo do que o da pia, apresentando uma longa cacofonia de grunhidos, barulhos de água, estalidos, batidas e uivos antes que se pudesse ver um sinal de água. Quando o líquido finalmente saiu dos canos como que em tossidas espasmódicas, fazendo lembrar os doentes de tuberculose, parecia uma espuma tingida de sangue.

Cinco minutos depois, Jack percebeu que a água nunca ficaria completamente limpa, por isso fechou o ralo com uma tampa manchada e deixou o fluído subir pelos anéis inscritos na banheira fazendo lembrar a linha d'água de um lago marcada nas pedras de suas margens.

Foi só porque estava com muito calor e suado que Jack se arriscou a entrar no pequeno lago descolorido, tão convidativo quanto um brejo. Ao deslizar sua bunda pela borda oposta à da torneira e entregar o seu corpo à solução que mais parecia um chá, a água ficou suficientemente escura para esconder seu pau, bolas, pernas e pés. Imediatamente seu pau e saco responderam à imersão, contraindo-se em protesto. Jack sentiu a sua bolsa escrotal recolher-se como ocorria algumas vezes durante o orgasmo, fazendo seus culhões se erguerem até a base do pau. Seu membro parecia ter sido submerso em água gelada, a julgar pela maneira como tinha diminuído de seu costumeiro e impressionante tamanho quando flácido.

Ele completou o banho em tempo recorde, embora a água não estivesse tão fria quanto ele gostaria que estivesse. Jack até lavou o cabelo, embora nem pudesse imaginar os efeitos que isso lhe pudesse provocar a longo prazo. Seu único consolo era que os habitantes de Zanzibar eram obrigados a se sujeitar diariamente ao mesmo fenômeno e nenhum deles, pelo menos até onde ele tinha visto, parecia ter sofrido algum tipo de conseqüência.

Ao sair da água, seu pau estava menor do que jamais havia visto. Tão pequeno que imediatamente brincou com ele até se certificar de que aquela condição era apenas temporária e não uma castração permanente provocada por aquele líquido horrível.

Ele se enxugou, se vestiu e abriu a porta emperrada com dificuldade, seguindo pelo corredor até uma sala de jantar quase deserta. Havia apenas duas outras pessoas ali, homens de meia idade, um com um monóculo (o primeiro que Jack via sendo realmente usado) e o segundo com um terno marrom frouxo que podia até ser confortável, mas não ajudava em nada o aspecto já fora de forma do homem. Ambos estavam isolados em pequenas ilhas, separados por um mar de mesas e cadeiras vazias. Jack sentou-se de maneira a formar a sua própria ilha, afastado suficientemente dos outros dois para que não houvesse a menor possibilidade de qualquer tipo de conversa.

A refeição da noite, sem outras opções, era lagosta da África do Sul, o que lhe pareceu um pouco refinado, mas só até se aperceber de que a África do Sul não ficava assim tão longe. Se fosse para levar a coisa a ferro e fogo, Zanzibar era um pouco África do Sul, já que estava debaixo do Equador.

A lagosta tinha um sabor particularmente insípido, apesar de Jack sempre ter achado o crustáceo meio sem gosto e borrachudo. O arroz que a acompanhava não estava nem sequer quente, quer fosse por estar no fundo do pote, ou por nunca ter estado realmente quente. Os pães estavam duros como pedras e tão difíceis de partir como pedras d'água. Uma vez abertos, seus miolos estavam duros e levemente cinzentos.

Jack bebeu cerveja quente, depois de ter inspecionado a tampa e visto a garrafa ser aberta na mesa.

Os outros dois homens permaneceram no salão depois que ele foi embora. O cavalheiro de monóculo lia um romance sueco e o cavalheiro do terno frouxo examinava jornais aparentemente retirados da maleta aberta ao lado de sua cadeira.

Jack havia pensado em retornar ao seu quarto opressivo, mas desviou a sua rota para sair por uma porta lateral deformada pelo calor que dava acesso a um outrora arrumado jardim que agora se encontrava caótico. A vegetação era um verdadeiro emaranhado labiríntico de árvores altas, trepadeiras estranguladas e estranguladoras, moitas enormes e damas da noite. Estas últimas exalavam um perfume um tanto quanto doce demais no ar ainda quente e úmido da noite. Jack só soube que estava num jardim e não numa floresta por causa do muro de pedra caindo aos pedaços que parecia ter confinado antigamente o que agora crescia por todos os lados.

Logo acima, o manto estrelado do céu negro da noite, exótico, exibindo as constelações nunca vistas no hemisfério norte, resultava ainda mais brilhante em contraste com a pouca luz do solo. Se havia uma lua, Jack não podia vê-la. Ele não conseguia ver o oceano tampouco, mas podia ouvir o fluxo constante de suas águas. Seguiu em direção a elas. Não diretamente pelo jardim excessivamente crescido, pois esta rota parecia dar num emaranhado de troncos e trepadeiras, mas pelo caminho estreito entre a vegetação e o hotel.

Ao final do claustrofóbico caminho, um cenário maravilhoso se abriu para Jack: a beleza do oceano, que se estendida até um horizonte pontilhado de ilhas, a silhueta sombreada de um navio distante, o brilho da lua repentinamente visível refletida na água, a amplitude da inacreditável praia branca.

A brisa do mar era indubitavelmente refrescante e conseguia dissipar boa parte do perfume da dama da noite, tornando a fragrância residual bastante agradável.

O som de uma outra porta empenada do hotel sendo aberta fez com que Jack, num reflexo, desse um passo para trás, na direção de onde ele havia acabado de sair.

Apesar de não conseguir ver quem era, ouviu os sons perfeitamente discerníveis de alguém caminhando pela varanda do hotel que se estendia até a praia.

Jack ficou onde estava, pois não queria conversa. Sabia todos os detalhes de seu disfarce de cor e salteado, mas às vezes ter que manter todas as tramas e volteios daquela intrincada tapeçaria cansava demais.

O surgimento de Ferdinand Makin, contudo, saindo da extensão de uma das varandas e caminhando pela areia exatamente em frente a Jack, chamou sua atenção. Sua primeira impressão foi a de que o filipino o havia seguido. Talvez Ferdinand tivesse, por algum motivo, suspeitado de seu encontro com Field Speer no bar do hotel e agora queria descobrir o que Jack estava fazendo ali. Mas não era muito provável que Ferdinand soubesse o caminho que Jack havia tomado depois de sair pela porta lateral já que nem mesmo o próprio Jack sabia que iria em direção ao oceano até o exato momento em que o fizera. Além disso, Ferdinand não parecia estar tentando se esconder, abrindo a porta e caminhando pela praia bem à vista de todos.

Jack decidiu aproveitar a inesperada oportunidade de observar as atividades de Ferdinand na noite de Zanzibar. Mantendo o sombrio jardim-floresta à sua esquerda, Jack acompanhou a peregrinação de Ferdinand pela areia.

O jovem filipino estava usando sandálias e uma camisa branca informal toda enfeitada na frente, como as camisas que Jack associava mais ao México que às Filipinas, para fora das calças brancas. Talvez Jack tivesse esta impressão por já ter viajado por todo o México mas ainda não conhecer as Filipinas, onde tais camisas eram parte importante da indumentária de qualquer homem.

Tão absorto estava Jack em observar Ferdinand que não apenas deixou de perceber a presença de uma criança negra por entre as sombras da floresta à sua frente, como também teria provavelmente colidido com ela se o menino, aparentemente tão atento a Ferdinand quanto Jack, não tivesse dado um passo para fora de seu refúgio e se dirigido para a praia antes de Jack alcançá-lo.

O susto com a súbita aparição do menino fez Jack se enfiar mais para dentro da vegetação. Pelo que Jack podia ver, o trajeto do garoto e o de Ferdinand estavam destinados a se encontrar.

Jack tentou memorizar os traços do recém-chegado. Talvez aquela fosse uma informação útil para Field no que se referia aos contatos de seus concorrentes com os nativos.

Infelizmente o menino mudou de direção, virando-se para a esquerda, fazendo com que Jack só pudesse vê-lo de costas. Era uma bela vista, do ponto de vista estético, mas Field dificilmente saberia apreciá-la. "Realmente um belo traseiro. Dava para ver pelo modo como ele recheava o fundo de suas bermudas. Belas pernas e costas também. Sei disso porque estava de bermudas e sem camisa. Não era a musculatura de um homem adulto, mas..."

Ferdinand percebeu que alguém estava próximo e parou, fazendo com que o garoto se desviasse de sua rota original e fosse mais direta.

Jack não conseguia ouvir o que estava sendo dito. Estava novamente enfronhado na conveniente vegetação, querendo ver sem ser visto.

Quando Ferdinand e o rapaz se viraram na direção de Jack e vieram em linha reta na sua direção, Jack achou que eles o tinham flagrado.

Será que era melhor esperar até que eles chegassem e dissessem: "Vejam só o que temos aqui"? Ou levantar, cambalear e murmurar qualquer loucura como "Graças a Deus! Achei que ia ficar perdido nesta floresta até congelar"? Ele ainda estava tentando decidir o que fazer quando percebeu, torcendo para que fosse verdade, que os dois talvez não estivessem se encaminhando para onde ele estava, cheio de culpa.

Jack conteve um suspiro audível de alívio quando os dois entraram no canteiro imediatamente à sua esquerda, sem sequer um olhar na sua direção. Por um momento teve tanta certeza de que eles iam continuar, provavelmente por um caminho que fosse dar no outro lado daquele jardim-floresta, que ficou surpreso quando...

– Dinheiro, por favor, homem – alguém disse, tão perto de Jack que ele chegou a pensar que a frase fora endereçada a ele.

Talvez fosse alguém pedindo dinheiro para manter silêncio a respeito de suas atividades como bisbilhoteiro.

– Só a metade do dinheiro – respondeu outra pessoa, e Jack achou que tinha ouvido Ferdinand falar o suficiente, ainda que por pouco tempo, para reconhecer sua voz agora.

De repente pareceu mais provável que o negrinho estivesse pedindo dinheiro a Ferdinand para algum tipo de pagamento. Será que a informação comprada do moleque por Ferdinand seria do interesse de Field, que, através de Jack, a teria de graça?

– Todo o dinheiro primeiro, homem – disse o garoto.

Jack ousou fazer um movimento mínimo para se virar na direção dos dois. No início não conseguiu ver nada além da vegetação encoberta por negras sombras. Pouco depois, milagrosamente, após uma pequena virada de cabeça para a direita de onde ele tinha se agachado, achou uma brecha entre o aglomerado de moitas que lhe ofereceu uma visão de Ferdinand e do garoto, a menos de dois metros de distância. E quer fosse por seus olhos estarem se acostumando à escuridão da noite, quer fosse pela luz da lua que havia se tornado mais brilhante, Jack agora conseguia ver surpreendentemente bem, ainda que em variáveis tons de negro, cinza e branco.

– Metade agora – Ferdinand disse e contou algumas poucas notas de um chumaço que retirou do bolso. Ele estendeu o dinheiro vivo: – O resto depois.

O negrinho parecia jovem. Apesar de não ser mais um frangote, não podia ainda ser considerado um galo. Tinha cachos curtos e negros, olhos grandes e espaçados, nariz fino e lábios cheios, tudo parte de um rosto de ébano que se não era exatamente bonito, para o gosto de Jack, certamente não era do tipo que assustava crianças.

Para a sua aparente pouca idade, o garoto tinha um peito surpreendentemente desenvolvido. Não era largo, mas de músculos muito bem definidos. Peitorais quadrados e abdominais como um tanque de lavar roupa.

O garoto pegou o dinheiro oferecido e o enfiou no bolso direito de sua bermuda, chamando a atenção de Jack para o seu pau, que era outro músculo decididamente bem definido, mal escondido pelo tecido que cobria a sua ereção.

– Ok, o resto mais tarde – disse o menino. Seu sorriso meio nervoso revelou uma linha de dentes brancos e brilhantes.

Do ponto de observação de Jack, o encontro assumiu um tom completamente diferente quando Ferdinand, depois de ter embolsado o chumaço restante de notas, abriu o zíper da braguilha de sua calça esporte branca. Jack ainda estava um pouco desorientado quando a mão de Ferdinand passou pela abertura do tecido e o pau de doze centímetros do filipino, assim como as bolas peludas que o acompanhavam, foram expostos ao ar da noite.

Mesmo que aventuras como essa fossem contra a lei em Zanzibar, o garoto negro tinha experiência suficiente para reconhecer a sua deixa e se ajoelhar.

– Espere um minuto, porra! – disse Ferdinand, afastando com um tapa a mão do menino que se preparava para apertar seu pau desnudo. – Quero colocar uma camisinha no meu pau antes que a sua boca chegue perto dele.

– Ei, homem, isso não é necessário – disse o garoto, o que Jack achou, especialmente considerando as supostas origens do vírus da aids, assustador.

– Ei, homem, isto é necessário sim – disse Ferdinand, e Jack gostou que seu concorrente tivesse pelo menos juízo suficiente para reconhecer as vantagens do sexo seguro. – E para nossa sorte, eu tenho uma camisinha bem à mão.

– Deixe-me desenrolá-la sobre o seu pau – disse o garoto.

– Deixe que eu a desenrole sobre o meu pau – disse Ferdinand.

Ele obviamente preferia a segurança de se cobrir sozinho em vez de contar com os esforços de alguém que tinha acabado de sugerir que se descartasse qualquer tipo de precaução.

Ferdinand rasgou a pontinha do envelope da camisinha, tirou-a para fora e, depois de torcer a ponta, cobriu a cabeça de seu pau agora completamente duro com o pequeno chapéu de látex.

Jack achou o pau de Ferdinand bastante agradável ao olhar, ainda que não fosse muito grosso ou comprido. A circuncisão de Ferdinand fora quase impecável, havendo apenas uma estreita cicatriz conectando a parte de baixo da cabecinha ao tronco de seu pau. Fora isso, o pênis era bem reto, sem curvas, ângulos agudos, veias, descolorações ou manchas visíveis àquela luz.

– O que você acha de eu me masturbar enquanto chupo o seu pau? – sugeriu o negrinho.

– Quer dizer que eu vou pagar para você tirar o seu pau da miséria? – retrucou Ferdinand, sob outra perspectiva.

– Qual é o problema, homem? – insistiu o garoto. – Tocar

uma bronha sempre me deixa com mais tesão e mais faminto, seja qual for o pau que eu esteja traçando.

Jack usou todos os seus poderes extrasensoriais para fazer com que Ferdinand permitisse que o negrinho sexy se masturbasse durante o boquete. Jack queria ver o seu pau preto e checar se ele correspondia às impressionantes expectativas geradas pelo atraente volume ainda escondido pela bermuda do garoto.

– Não quero saber de uma gota de porra sua em cima de mim, entendeu? – disse Ferdinand numa ordem explícita. – Segure na sua mão ou esporre na direção das moitas. Se eu encontrar uma manchinha em mim que seja, você vai se arrepender.

Ferdinand fez seus avisos soarem de forma a convencer o garoto de que ele não apenas seria capaz de concretizar as suas ameaças, como também que as conseqüências seriam provavelmente muito mais terríveis do que o garoto podia sequer imaginar.

– Sem problemas, homem – disse o menino e abriu a braguilha de sua bermuda.

Jack nunca havia ouvido ninguém usar o termo "homem" tantas vezes quanto o negrinho, a não ser nos filmes que ele havia visto certa vez sobre as gangues de rua de Los Angeles.

– Veja como você deixa o meu pau duro, homem – disse o garoto, com o membro para fora das calças e em suas mãos tão rapidamente, seguidos por seu saco peludo, que ficou óbvio que não estava usando cuecas.

Jack já tinha visto paus maiores e testículos mais impressionantes, mas o que o menino tinha para oferecer, mesmo que por dinheiro, não era de se jogar fora.

– Lembre-se de que é o meu pau que importa aqui – disse Ferdinand. – E tenha a gentileza de se lembrar também que eu não espero que isso leve a noite toda. Seu amigo da outra noite... Como é mesmo o nome dele? Conrad, não é?

– Sim, Conrad, homem. Conrad com certeza gostou de chupar o seu pau grande e doce.

Jack achou o "grande" um pouco de bajulação, considerando a evidência contrária à mão, mas Ferdinand a deixou passar sem comentários sarcásticos, sendo possivelmente mais susceptível à bajulação do que ele mesmo gostaria de admitir.

– Bem, vamos torcer para que Conrad tenha tido razão quando disse que você sabia um pouco mais sobre boquete do que ele.

– Eu entendo muito mais sobre isso do que ele, homem – disse o garoto. – Sei mais sobre isso do que qualquer boqueteiro aqui da ilha. Fui eu que ensinei para todo mundo o que eles sabem. Eles e suas famílias estariam na miséria se não...

– Poupe-me de suas histórias sobre "nós só chupamos o pau dos turistas por dinheiro" – interrompeu Ferdinand. – Eu não estou querendo saber por que você faz isso. A única coisa que me interessa é o que eu vou sentir na extremidade receptora.

– Claro, homem – disse o garoto, estendendo a mão para o pinto de Ferdinand.

Desta vez Ferdinand deixou que ele o pegasse.

– Conrad disse que o seu nome era Bongo, é isso? – disse Ferdinand.

– Bonjo, homem – corrigiu o negro. – Um nome que você não esquecerá tão facilmente depois do prazer que o Bonjo aqui vai dar a esse seu belo cacete.

– Não vamos deixar o meu pau esperando, certo, Bonjo? Eu não gostaria de topar com um policial perguntando o que você, eu e o meu pau estamos fazendo aqui.

– O policial ia me mandar embora e se ajoelharia ele mesmo em frente ao seu pau, só que por um pouco mais de dinheiro – disse Bonjo, e sem nenhuma pausa adicional pôs a sua boca ao redor da cabecinha do pau de Ferdinand e mergulhou o seu nariz fundo na brecha aberta nas calças de onde ele se projetava.

Apesar de Konoco Fassal, assim como Bonjo, ter insinuado que os tiras não eram assim tão rigorosos em fazer valer as leis antigay, Ferdinand estava tão temeroso de ser pego em flagrante delito quanto Jack de ser descoberto em seu esconderijo. Jack teria então que explicar a sua presença não apenas para as autoridades, mas também para Ferdinand e Bonjo.

Contudo, fossem quais fossem as possibilidades de ele ser descoberto pelos policiais ou por Ferdinand e Bonjo, Jack estava preso ali pelo tempo que aquilo fosse durar. Ele não podia se arriscar de maneira alguma a fazer barulho tentando ir embora. O barulho poderia ser confundido com o som de algum animal se alimentando, mas seria provavelmente mais reconhecível como a bunda de Jack Mallard rastejando sob as moitas.

Além do que, apesar da posição incômoda, o show em andamento parecia valer o desconforto momentâneo. Ficou óbvio, logo nos primeiros avanços da boca de Bonjo no pau de Ferdinand, que o menino negro era tão talentoso em chupar paus quanto tinha alardeado, assim como sabia dar prazer à sua própria rola.

O pau duro de Bonjo dava mais do que uma mão cheia de carne preta e grossa, com bastante prepúcio de reserva quando puxado para cima pela mão do garoto, para cobrir a chapeleta e formar um capuz para seu pau de ébano.

O prazer de Jack em olhar estava sendo perturbado apenas pelo modo como o seu próprio pau começou a crescer nas suas calças, sem que conseguisse se esticar por completo. Ele fez o melhor que pôde para ajeitá-lo, primeiro tentando mudar de posição e então levando a sua mão direita para brincar com ele. Nada disso, porém, resolveu.

Finalmente ele se arriscou a um possível barulho, ajoelhando-se e metendo a mão ao mesmo tempo na virilha para deixar o seu pau numa posição mais confortável. Durante todo esse tempo, Jack manteve um olho focado no que Ferdinand e Bonjo estavam fazendo, aparentemente tão perto que ele parecia ter apenas que estender a mão para apalpar as bolas consideráveis do filipino.

Jack ficou tremendamente frustrado, mesmo depois de abrir o zíper de suas calças, por não poder expor o seu pau e seu saco ao ar livre tão rapidamente quanto queria. Seu caralho duro tinha ficado preso na abertura de suas cuecas.

– Você trabalha bem melhor do que o seu amigo – admitiu Ferdinand.

Jack estava adorando o papo de Ferdinand, pois ele mascarava qualquer som gerado pelos seus movimentos para libertar seu membro rebelde.

– Mmmm – disse Bonjo, sua boca tão enfiada no mastro de Ferdinand que os lábios negros do menino saltavam para fora. – Mmmm, que pau gostoso. Carne deliciosa – e então se prendeu firmemente ao pau do filipino mais uma vez, caindo de boca até suas bolas.

Jack, com seu cacete duro finalmente bem mais confortável, agora fora de suas calças e na sua mão, teve problemas em decidir se concentrava-se nos lábios de Bonjo chupando o pau de Ferdinand ou na mão do menino tocando a sua pica preta. A punheta do negro assumiu uma força rotatória altamente sexy, acompanhando cada movimento seu para cima e para baixo. Suas bolas pretas rolavam dentro do escroto como que com vida própria.

– Muito bem – disse Ferdinand, obviamente invadido pelas sensações crescentes do boquete, queimando o resto de seu corpo como o sol. – É assim... que eu... gosto. Isso, isso, isso!

Ferdinand deixou que Bonjo seguisse no seu próprio ritmo por um certo tempo, e então decidiu assumir um controle maior. Cobriu as orelhas do negro com as mãos, segurando-as como se estivesse segurando as alças de uma jarra, e exerceu a pressão necessária para indicar como queria que Bonjo agisse para fazer valer o seu dinheiro.

– Você tem razão quando diz que tem uma boca talentosa para um boquete, quero um pouco mais de tempo para desfrutar dela.

A mão esquerda de Bonjo estava presa na parte de trás do joelho direito de Ferdinand. Sua mão direita, contudo, continuava a bombar o seu pau preto. Jack percebeu que ao exercer a pressão em Bonjo, Ferdinand fez com que ele alterasse o ritmo do boquete e a cadência de sua própria punheta também.

Foi a mão de Jack sobre o próprio pau que começou a se movimentar mais rapidamente. Apesar de saber o quanto poderia ser agradável tentar coordenar seus movimentos aos de Ferdinand e Bonjo, ele não queria se arriscar à possibilidade de um dos dois esporrar enquanto ele ainda estivesse tocando uma punheta. Depois que um deles gozasse, sua atenção estaria menos autocentrada e ambos estariam mais propensos a ouvir seus golpes subseqüentes até chegar ao clímax.

Não que as bombadas rápidas de Jack em busca de seu próprio prazer estivessem sendo executadas em completo silêncio. De tanto em tanto ele não conseguia conter os pequenos grunhidos que lhe escapavam. Afinal de contas, bater uma punheta era agradável por si só, e as imagens adicionais de Bonjo tocando uma bronha insanamente enquanto sua boca preta engolia e cuspia o pau duro do filipino eram suficientes para provocar um som ou suspiro ocasional em qualquer *voyeur* de pau na mão. Felizmente, porém, o negrinho e o filipino estavam envolvidos demais em seus próprios sons eróticos e prazeres, para dar atenção a qualquer coisa ao seu redor. Além do que, Jack não estava rugindo como um leão ou coisa parecida. Seus sons eram na maioria das vezes tão suaves quanto a brisa que passava pelas folhas do jardim-floresta ao seu redor e podiam muito bem ser confundidos com ela. Se ele tivesse feito algum som um pouco mais alto, Ferdinand ou Bonjo certamente o teriam ouvido, mesmo em meio ao seu prazer crescente, como teriam notado a aproximação de alguém pela praia ou em meio às árvores.

– Isso, é assim que se faz – disse Ferdinand. Seus sons camuflavam os suspiros de Jack, que eram, comparativamente, suaves e imperceptíveis. – É assim que se chupa o meu pau. Tudo, desde a cabecinha... até a base. Assim como você está fazendo agora... Como eu quero que você faça até eu esporrar... encher a minha camisinha e fechar a sua garganta com a borracha cheia de porra.

As duas bolas de Bonjo, parecendo dois cocos sem a sua casca externa de fibra, apesar de enclausuradas numa concha mútua mais para preta do que marrom, subiam pela base do pau do menino negro como se uma das palmas locais e sua fruta correspondente tivesse crescido de cabeça para baixo. Cada deslizada da grande mão de Bonjo pelo seu pau negro fazia com que a base do seu punho batesse em suas bolas e deixasse os seus testículos ainda mais redondos.

– Oh, meter o meu cacete numa cara preta faminta me excita de verdade – disse Ferdinand. – Há algo no seu rosto que me excita, Bonjo. Seu antecessor, Conrad, não tinha idéia de como chupar um pau e eu não teria pagado por seu trabalho mal feito se ele não tivesse garantido que tinha você e sua boca faminta escondidos debaixo do pano.

– Mmmm – disse Bonjo, seu rosto novamente deslizando para baixo num movimento que enfiou o seu nariz na braguilha aberta da calça do filipino, para lá se aninhar nos fios relativamente lisos dos pentelhos que cresciam na base do pau ereto do jovem de pele bronzeada. O queixo de Bonjo se enterrou no travesseiro formado pelo escroto contraído de Ferdinand.

– Talvez não fosse de todo ruim passar a noite toda aqui com essa sua língua experiente – disse Ferdinand e usou as suas mãos, para diminuir o boquete com uma pressão nas orelhas de Bonjo. – É muito bom ter você chupando o meu pau, negrinho. Não me lembro de quando foi a última vez que a minha pica foi chupada com tanta precisão. Quantos paus, eu me pergunto, você já abocanhou para ficar tão bom nisso?

Talvez Bonjo tivesse chupado paus suficientes para saber alguma coisa a respeito do crescente estado de excitação de Ferdinand, que Jack não podia avaliar, apenas com o olhar, pois a mão do garoto negro deu início a um ritmo mais rápido sobre o seu pinto do que o que seu rosto estava imprimindo ao pau de Ferdinand. Bonjo, corretamente ou não, obviamente calculou que as bolas de Ferdinand explodiriam em pouco tempo, necessitando de menos estímulo do que o pau aprisionado pelo seu próprio punho.

Jack não podia deixar que o pau preto ou o bronze explodissem antes do dele, por isso acelerou a cadência de sua mão em sua própria vara, alcançando uma velocidade maior do que a da mão e da boca em ação bem à frente, para seu deleite. Ele se controlou para não gritar.

Jack já tinha trepado, chupado e tocado punhetas em bastantes lugares, muitos deles surpreendentemente públicos, para estar seguro de que conseguiria gozar sem chamar a atenção. É claro que precisaria de uma grande dose de controle e esforço, mas ele sabia se dominar e estava disposto a fazer o sacrifício. Era por isso que ele era tão bom no que fazia.

– Ugh! Ugh! Ugh! – disse Ferdinand, em meio à sua crescente cacofonia de grunhidos, gemidos, murmúrios, choramingos, soluços e suspiros.

Jack tinha certeza de que poderia gozar relativamente quieto, mas ficou ainda mais seguro quando Ferdinand começou a falar sem parar.

– Não vai demorar. Não vai demorar nada – disse Ferdinand, deixando que seus quadris assumissem um movimento de foda, empurrando o seu mastro para a frente cada vez que o rosto de Bonjo descia e puxando-o para trás cada vez que o rosto de Bonjo voltava, até que apenas a cabeça do pau de Ferdinand estivesse alojada no devido buraco. – Estou sentindo.. a minha porra... pronta... vou gozar.

A punheta de Bonjo no seu próprio pau seguia num ritmo mais rápido que teria se igualado ao ritmo da mão de Jack caso ele não tivesse, neste momento, assumido uma atitude ainda mais enérgica em relação à sua pica grossa.

Jack estava quase pronto para mandar ver. Quase. Para oferecer às suas bolas o tiquinho extra de incentivo necessário para fazer jorrar a sua carga perolada, ele as tomou na mão e apertou. Qualquer excesso de pressão teria lhe causado dor, inibindo a escalada de seu prazer, que era a última coisa que Jack queria. O que ele estava buscando era apenas um pouquinho de dor como um adendo ao seu prazer.

– Sim, sim, sim! Eu vou gozar – disse Ferdinand, suficientemente alto para espantar todos os pássaros.

Acontece que o jardim-floresta, assim como toda a Zanzibar, tinha muitos poucos pássaros, uma vez que a maioria deles tinha ido parar nas panelas. Até mesmo o tema das fotos de Ferdinand, os famosos macacos de Zanzibar, tinham sido tão freqüentemente destinados às mesas de jantar locais que havia sido promulgada uma lei condenando literalmente à morte qualquer pessoa que fosse pega capturando ou matando qualquer um dos macacos restantes.

– Ah, só mais algumas chupadas no meu pau delicioso... – disse Ferdinand enquanto metia o seu cacete para dentro da boca de Bonjo com maior rapidez, mais avidez, para dentro e para fora, para dentro e para fora. – Isso, para cima e para baixo... isso, para baixo... eu... vou... gozar seu negro tesudo desgraçado. Sim, eu vou mesmo... gozar. Gozar... gozar agora!

As palavras de Ferdinand podiam muito bem ter sido as de Jack, já que seu pau e suas bolas estavam prontos para disparar.

– Aaaaggghrugh! – disse Ferdinand e enfiou toda a extensão do seu pau na boca de Bonjo, mantendo-o lá pelo movimento de seus quadris e os puxões constantes na cabeça do negrinho – Agghh... agghrr... grahhh!

Não era possível ver o esperma de Ferdinand sendo disparado na ponta da camisinha perdida no fundo da garganta de Bonjo, mas o látex que o continha foi forçado a se esticar em todas as direções para contê-lo.

A porra de Jack, porém, estava bastante visível, explodindo em cometas de secreção da uretra vibrante do seu pau, flutuando até serem subjugados pela gravidade e se espalharem na sujeira do chão do jardim-floresta, fazendo sons que certamente teriam sido ouvidos se não fosse pelos sons guturais de Ferdinand, para não falar nos sons animalescos de Bonjo que vibravam por toda a extensão do pau do filipino seguramente preso pelos lábios e garganta apertados do garoto negro.

Apesar de ter ocorrido um pouco depois de Jack e Ferdinand, a ejaculação de Bonjo se deu a tempo de permitir que ele pudesse desfrutar de seu próprio prazer antes que o de Ferdinand se extinguisse e o filipino se sentisse indignado com qualquer prazer complementar de Bonjo.

O esperma liberado por Bonjo, de modo algum tão impressionante quanto o leite grudento liberado pelas bolas de Jack, lembrava mais o magma borbulhando das bordas de alguma cratera vulcânica. Sua secreção viscosa correu quente e pesada pelo olho de seu pau, seguindo pelo eixo de sua ereção negra, onde foi detida pelos dedos firmes de Bonjo, que a espalharam por toda a impressionante extensão de seu mastro.

5

– À nossa direita, a casa colocada à disposição do doutor Livingstone pelo sultão Seyyid Majid em 1866 – disse Konoco Fassal, pouco depois de deixarem o hotel.

A casa ficava atrás de um muro e construções anexas. Tinha três andares e um telhado pontudo de telhas vermelhas. Quatro janelas retangulares com cortinas verdes despontavam do segundo e do terceiro andar. Pouco se podia ver do andar de baixo além de uma janela e uma porta vislumbradas do outro lado de um portão fechado. A parte maior da fachada da casa era de estuque amarelo, cuja monotonia era interrompida por uma faixa verde que combinava com o verde das cortinas. Havia uma garagem e um poste onde tremulava a bandeira do país.

– A casa foi comprada em 1947 para ser usada como um laboratório de pesquisa completamente equipado – disse Konoco depois que passaram por ela. – Grande parte do interior foi destruído para reformas, de maneira que atualmente o que há lá dentro tem muito pouco significado histórico.

Poucos minutos depois, Konoco apontou para o Maruhubi Palace, suas ruínas visíveis à esquerda através de um aglomerado simétrico de árvores altas.

– Seu nome advém do homem que foi outrora dono das terras. A casa foi construída por Seyyid Borgash para o seu harém e pegou fogo durante um incêndio no reinado de Seyyid Hamound.

Jack quase não conseguia conter seus bocejos.

A atração turística seguinte foram as cavernas de Mangapwani, à distância de uns bons quilômetros e com acesso por meio de uma estrada ainda mais esburacada do que a estrada principal que eles haviam deixado para trás.

A floresta agora avançava, incontida pelas poucas trilhas dos viajantes que tinham chegado até lá em outros tempos. Dois degraus de pedra bruta levavam a uma piscina de água escura e estagnada na caverna principal, onde não entrava ar fresco. Centenas, talvez milhares, de negros haviam sido amontoados ali no passado, naquele buraco sufocante outrora usado pelos senhores de escravos como uma prisão natural.

Em contraste com essa paisagem, a linda praia mais adiante era um surpreendente e bem-vindo alívio.

– Eu deveria ter trazido uma sunga – disse Jack. Ele havia começado a suar imediatamente após o comparativo "frescor" do início da manhã ter dado lugar ao calor do meio-dia. Ele não tinha parado de suar desde então. – Essa brisa do mar, contudo, já é uma mudança agradabilíssima.

– Quem disse que você precisa de sunga? – perguntou Konoco. – Está vendo alguém aqui além de nós?

Embora a sugestão de Konoco de zanzar nu pela areia e em meio às ondas fosse encantadoramente convidativa, Jack não se sentiu à vontade para se despir na frente do negro, sem mencionar o incômodo que lhe causava a possibilidade de o negro se despir na sua frente. Mais de uma vez, durante a viagem pela floresta, naquela manhã, Jack havia se flagrado com uma ereção que não era mera reação aos pulos e derrapadas do Land Rover sobre o terreno acidentado e sim o resultado direto da proximidade daquele garanhão negro sentado a tão poucos centímetros dele.

– É que a nudez, o ar fresco e os raios solares têm um certo efeito sobre mim que pode ser meio embaraçoso – disse Jack.

Dois homens podiam ficar nus um na frente do outro, como acontecia todo dia em vestiários ao redor do mundo, sem que ninguém ficasse sexualmente excitado com a situação. Até mesmo Jack conseguia se conter, quando a ocasião o exigia. Jack, porém, não podia simplesmente dizer a Konoco: – "É a perspectiva da sua nudez e da minha, somadas a este espaço aberto e este sol que não têm nada a ver com um vestiário que me deixa louco de tesão."

– Já que você me avisou de antemão que a sua ereção não tem nada a ver comigo, prometo não me chocar quando a vir – disse Konoco.

O negro cruzou os braços sobre o peito e barriga, segurando as pontas de sua camisa pólo, puxando e finalmente tirando-a. O que surgiu foi um físico milagrosamente bem esculpido, peitorais retangulares, uma barriga musculosa, mamilos cor de carvão e uma barriga de tábua.

Jack ficou olhando. Para disfarçar o que poderia ser tomado, corretamente, como interesse demais pelo corpo de um outro homem para um hetero, Jack disse:

– Estes músculos são assim definidos naturalmente ou você tem que malhar como o resto de nós mortais?

– Um pouco de ambos, eu suponho – disse Konoco, sem parecer nem um pouco embaraçado por alguma suposta interpretação (talvez equivocada) do interesse de Jack. – Os maravilhosos genes de papai. Sem mencionar a minha dívida para com meu querido vovô, que, afinal de contas, não seria o predileto de seu senhor árabe se não fosse pela sua atraente aparência física.

– Ah, sim, o querido vovô – disse Jack.

Seu pau se agitou dentro de suas calças, deixando-o ainda menos à vontade com a idéia de expor um membro tão desregrado à vista de Konoco, ainda que ele fingisse não se preocupar com a perspectiva.

– Os irmãos de minha mãe, três ao todo, têm a constituição sólida como uma casa – disse Konoco e jogou a sua camisa na areia. Suas mãos pousaram na cintura de sua calça.

Jack hesitou entre querer ver o pau do negro completamente à mostra e a preocupação de como o seu pau branco poderia reagir. Será que Konoco iria continuar tão *blasé* se o pau de Jack emergisse numa ereção imensa?

– Quando tenho um momento livre, uso a sala de musculação do seu hotel – disse Konoco. – Eles não têm aqueles equipamentos sofisticados que todo mundo adoraria se tivesse dinheiro, mas uma seleção razoável de pesos. Então...?

Jack não estava certo quanto à pergunta.

– Então vamos aos tubarões? – ele se aventurou, tentando dissipar o que pelo menos para ele, era uma situação potencialmente explosiva.

Konoco riu. Uma risada gostosa. Nem alta e nem fraca demais. Um quase murmúrio agradável, expondo dentes brancos e uniformes e um leve apertar de ambos os olhos.

– Eu adoro o senso de humor dos americanos – ele disse. – Mas eu me referia a você tomar um pouco de sol.

– Eu não sei – disse Jack. Seu pau estava definitivamente mais duro.

– Ainda preocupado que eu encare o seu caralho negro como algum tipo de insulto à minha masculinidade?

– Às vezes eu não consigo controlar o maldito – disse Jack procurando um álibi. – Ele parece ter vida própria, faz coisas que eu não consigo entender, mesmo nas situações que não têm nada de sexual.

– Eu sei o que você quer dizer – disse Konoco. – Isso por exemplo.

Ele espalmou a sua mão esquerda sobre a protuberância que o seu pau duro havia criado sob a perna esquerda de sua calça. Espalhou seus dedos de modo que o polegar e indicador ficassem num dos lados da proeminência e os outros três dedos no outro. A pressão exercida pela ponta dos dedos enfatizou ainda mais a cabeça obviamente grande e circuncidada.

– Para falar a verdade, o motivo do meu pau estar duro não é nenhum grande mistério – disse Konoco. – Digo-lhe isso para que você não pense que sou o tipo de cara, como você também não é, que fica com o pau grande e duro quando tira a roupa para dar um mergulhinho. Eu tenho um afeto especial por esta praia em particular, por causa de algumas experiências sexuais agradáveis que vivi aqui. Meu pinto tem dificuldade em separar essas lembranças de uma realidade totalmente inocente.

Ele soltou o fecho que mantinha sua calça fechada. Ergueu a plaquinha de metal do zíper, mas em vez de fazê-la deslizar para baixo, exerceu pressão com seu ventre, fazendo com que o zíper fosse abrindo e revelando, cada vez mais da sua barriga musculosa, livre de qualquer roupa de baixo.

Finalmente, ele se abriu por inteiro, chegando nos fios escuros que cresciam na base de seu pau, mostrando somente uma fração do membro projetado para a perna de suas calças.

– Acho que vou tomar um pouco de sol ao natural – disse Konoco e sem cerimônia baixou suas calças.

Seu pau liberto estava suficientemente duro para saltar para uma posição ereta, batendo a cabecinha contra seu estômago uns quatro centímetros acima do atraente nó do seu umbigo.

Jack já tinha visto bastante paus de negros, tanto dentro quanto fora de vestiários, para saber que essa história de que todos os negros tinham ferramentas enormes não passava de lenda. Alguns dos maiores mastros que Jack tinha visto pertenciam a rapazes brancos como a neve. Apesar disso, Jack teve certeza de que se fosse preciso eleger o estereótipo do negro bem-dotado, o escolhido seria Konoco Fassal.

O pau circuncidado de Konoco, cor de ébano, aveludado, com veias grossas, grande na base e grande no topo, tinha uma cabeça globular enorme e púrpura com um buraquinho que mais parecia uma fenda.

– Vamos fazer de conta que não estão aí – disse Konoco, – a minha ereção e a sua.

Ele se desvencilhou de suas calças amontoadas a seus pés e correu graciosamente para a água. Sua bunda era grande, mas não excessiva. Suas nádegas contraíam e descontraíam provocadoramente à medida que ele se aproximava da água.

De repente, Jack temeu estar dando demasiada importância à sua ereção e à de Konoco ao não tirar a roupa para segui-lo até a água. Seu comportamento poderia dar a entender que as ereções precisavam ser escondidas porque havia alguma coisa não muito católica acontecendo entre os dois. Por que fazer tanto caso delas se Konoco era capaz de explicá-las com tanta facilidade?

Além do mais, Konoco tinha feito um desafio ao se despir, expondo o seu pau duro numa atitude ousada. Jack estava correndo o risco de parecer careta ao não aceitar a nudez e as ereções de ambos com a mesma *joie de vivre* do negro.

Contudo, Jack não se sentiu à vontade ao baixar as calças. Aquela insegurança era uma sensação estranha para ele, que costumava se orgulhar da facilidade com que lidava com a sua própria sexualidade e a dos outros. Isso definitivamente tinha alguma coisa a ver com o calor e a beleza física (tanto de Konoco quanto da ilha). Tinha a ver com a aparente liberação sexual de Konoco numa ilha onde a homossexualidade era contra a lei. Mesmo tendo tido a prova, ao ver Ferdinand e Bonjo no jardim-floresta, de que as leis de Zanzibar eram por vezes transgredidas na maior impunidade, Jack ainda estava tenso com a simples idéia de que uma imprudência sua pudesse ser flagrada pelas autoridades locais, vindo a comprometer o trabalho que ele estava sendo pago por Field Speer para fazer. Se Jack fosse preso por falta de decoro ou coisa parecida, toda a missão de Field poderia ir por água abaixo. Sem mencionar o fato de que o próprio Field havia se dado ao trabalho de advertir Jack sobre a possibilidade de Konoco ser um policial ou afiliado do governo até que ele descobrisse ao certo que apito ele tocava.

Jack deixou as suas roupas na areia e deu início a uma lenta caminhada em direção a Konoco e ao mar que o aguardava. Ao perceber que Konoco, na água, olhava para o horizonte, Jack acelerou o passo. Talvez ele conseguisse entrar na água antes que...

Konoco se virou, seu pau duro visível, suas bolas aninhadas na espuma da onda que quebrava contra a sua bunda preta musculosa e firme. Ele fez um aceno e gritou alguma coisa que Jack não conseguiu entender devido ao som subitamente alto da água. A força da água tirou o equilíbrio de Konoco, lançando-o sobre a areia, bem na beira d'água, diante dos olhos de Jack.

– A água está deliciosa! – disse Konoco quando Jack lhe ofereceu uma mão para ajudá-lo a se levantar.

A pele do negro brilhava, repleta de cristais de sal, gotas d'água e areia, todos capturando a luz do sol e transformando-a nas cores do arco-íris.

Jack estava incrivelmente excitado com a proximidade do negro e de seu pau duro, o vento, a maresia, o som da água e o calor do sol, as palmeiras altas que pontilhavam toda a praia.

Sentindo que seu pau estava prestes a deixar escorrer aquela secreção característica que antecede o sêmen, reagindo a todos aqueles estímulos, Jack entrou na água e mergulhou, enfiando o seu rosto numa onda que se aproximava. A água estava quente e o envolveu completamente, transportando-o por alguns momentos para uma existência intra-uterina, onde os únicos sons eram os da água e os da batida do seu coração.

Seu corpo atravessou a onda e subiu, em direção à luz do sol. Jack sacudiu a cabeça para se livrar da água e da areia. Ele esfregou o seu rosto com as palmas das mãos e quase perdeu o equilíbrio com a força de uma outra onda que se quebrava.

Ficar nu em meio ao vaivém das ondas sob o sol escaldante era algo incrivelmente sensual. A água era uma carícia constante, subindo provocadoramente pelas suas pernas para então se afastar sem tocar seu saco, e depois, voltar e molhar o pêlo de seu escroto antes de afastar-se mais uma vez, até numa última arrancada finalmente banhar todo o seu pau e suas bolas e bater na sua bunda.

O sabor da água era agradavelmente salgado.

Jack ficou de pé para enfrentar uma outra onda que se quebrava. Virou-se para comentar com Konoco sobre o quanto aquilo era divertido, sem fazer nenhuma menção à sensualidade latente.

Konoco havia saído da água para falar com alguém. Jack não tinha a mínima idéia de quem poderia ser aquela pessoa, por isso mergulhou o seu pau automaticamente na espuma, embora Konoco ainda ostentasse confiantemente o seu.

Konoco e o recém-chegado caminharam um pouco pela areia e sentaram-se de frente para a água. Konoco apontou para Jack e acenou. Não era um sinal para que ele saísse da água, nem um aviso de que eles estavam encrencados. Era só uma maneira de dizer a Jack que ele podia continuar se divertindo em paz.

A princípio, Jack pensou em se deliciar com as ondas e sol até que o sujeito voltasse para o lugar de onde ele tivesse vindo. Passado porém um certo tempo, ficou claro que o recém-chegado não estava disposto a ir embora tão cedo.

Apesar de Konoco continuar a exibir a sua pica dura sem a menor preocupação, Jack não tinha a intenção de sair da água mostrando a ereção que continuava a se projetar da base de sua barriga. Uma ereção constantemente curvada pela força da correnteza, que a tragava e rodopiava ao seu redor, forçando-a tão intensamente numa ou noutra direção que Jack achou de que o seu pau ia se destacar da sua grossa base.

Se a ereção de Konoco podia ser explicada ao recém-chegado com a mesma racionalidade que ele havia usado com Jack, este se sentia bem menos à vontade com a sua.

"Merda, não há nada mais excitante do que brincar pelado nas ondas debaixo do sol."

Ele se enfiou mais fundo na água, numa altura em que tinha certeza de que, apesar da força da correnteza, ficaria submerso até a metade do peito. Ele passou a cuidar do seu pau duro sob a água, dando início a uma punheta furiosa.

Não havia necessidade de sofisticação, só uma fricção firme e constante para que ele pudesse sair do mar com seu pau mole antes que ele ficasse enrugado como uma ameixa seca devido ao contato excessivo com a água.

Não era preciso acariciar as bolas. O movimento constante da água cuidava disso bastante bem, o repuxo em suas bolas intensificado pelo modo como a água se prendia nos pêlos escuros que envolviam as suas bolas.

Um repuxo mais alta forte quase arrastou Jack para o fundo. Ele resistiu apoiando todo o seu peso contra a correnteza, o tempo inteiro tocando a sua bronha em meio ao movimento constante da correnteza acariciante.

– Vamos lá, benzinho –, ele disse, encorajando o seu pau a oferecer porra para o grande cu do oceano. Sua voz se perdeu entre os sons de água. Como ele mesmo mal podia se ouvir, não havia como, independentemente das características acústicas do lugar, sua voz alcançar Konoco e o recém-chegado, permitindo que eles fizessem a conexão entre o que Jack dizia e o que ele estava fazendo debaixo da linha d'água. – Tudo o que o papai aqui quer é um pouquinho de porra. Não precisa nem ser um monte. Só o suficiente para sair da água de pau mole, caminhar pela areia até chegar nas minhas calças e vesti-las.

Sim, havia alguma coisa no lugar, no sol, nas águas que se quebravam, assim como na punheta consistente de Jack que eram conclusivas para a obtenção de um orgasmo rápido, por isso Jack não teve que esperar muito.

– Só mais um pouquinho e nós poderemos ir para casa em paz – Jack disse. Pensou em imaginar Ferdinand no jardim-floresta enquanto seu pau era chupado pelo negro faminto, mas o meio que o rodeava já era estímulo mais do que suficiente e ele ia.. mandar... ver.

E mandou.

– Isso! – ele gritou triunfantemente, seu pau em completa erupção.

Filetes de porra saíram da boquinha de sua pica, foram capturados pelo giro das ondas e se alongaram gelatinosamente para os lados, alguns levados pelo movimento da água, outros serpenteando em torno de si mesmos e sendo aprisionados no ninho de pentelhos que cresciam no seu baixo ventre.

– Manda ver, manda ver, pauzão – Jack repetia o mantra e continuava a bater punheta para libertar qualquer resquício de porra que pudesse ser persuadida a sair de suas bolas pelo seu pau estimulado em direção às receptivas ondas.

De repente seu pau se esgotou e o giro contínuo da água passou a irritar a ponta hiper-sensível. Ainda assim Jack não queria sair da água antes que seu pau estivesse mais murcho ainda.

Massageou a sua espessa moita de pêlos vigorosamente para desfazer os nódulos de esperma presos neles, enxaguando as últimas evidências incriminadoras no mar aconchegante.

Ele ficou dentro da água mais do que o tempo necessário para isso porque queria ter certeza de que nenhum resquício de porra havia decidido hibernar no seu pau de elefante. Mais embaraçoso do que ostentar o pau duro para o estranho na praia seria aparecer com um pinto mole que subitamente deixasse escapar porra como um nariz escorrendo coriza.

Foi só quando se sentiu completamente satisfeito que Jack combateu a correnteza para sair da água e seguir até a areia.

Ele parou por alguns segundos, completamente fora d'água, e com as mãos espalmadas começou a tirar o máximo possível do líquido que aderia à pele do seu corpo. Jack não podia sair do mar e simplesmente vestir as suas roupas sobre o corpo molhado sem parecer um pouco ridículo. Ele esperava que a água que ele não conseguisse retirar com as mãos evaporasse antes que ele chegasse até suas roupas.

O olhar dos dois homens acompanhou o progresso de Jack pela areia, o pau de Konoco tão preto e ereto quanto antes. Jack teve dificuldade em caminhar pela areia, que parecia repentinamente determinada a impedir os seus avanços, como que para retardá-lo até que o seu pau ficasse duro novamente.

Jack optou por uma linha reta até as roupas, mas os dois homens se levantaram para cumprimentá-lo e o interromperam pouco antes de ele chegar ao seu objetivo. Na verdade o termo "homem" não era o mais adequado para o recém-chegado. Embora Konoco obviamente correspondesse à descrição, seu companheiro parecia mais jovem do que Jack havia imaginado ao olhar à distância de dentro da água.

– Meu primo Ahmad – apresentou Konoco.

Jack aceitou a mão estendida de Ahmad e o seu amigável aperto como comprimento.

Ahmad pertencia ao mesmo grupo de idade indefinível em que Jack havia situado Bonjo no jardim-floresta. Parecia jovem mas, como Bonjo, era provavelmente mais velho do que aparentava. Havia algo decididamente juvenil nos seus cabelos negros encaracolados cortados rente à cabeça, seus olhos expressivamente grandes e espaçados, seu nariz fino mas levemente abertos, seus lábios cheios mas não grossos, que era completamente negado pelo corpo obviamente musculoso coberto por uma camisa e calças justas.

– O mesmo primo que você ia visitar quando me encontrou no museu? – perguntou Jack, soltando os dedos de Ahmad.

– Eu tenho primos por toda a ilha – disse Konoco, mostrando seus dentes brancos. – Ele mora nesta área, mas quer ir para a cidade. Eu lhe disse que poderia vir conosco, com a sua permissão, é claro, mas queria primeiro que ele visse o tamanho de sua rola dura quando você saísse da água.

Sem ter certeza de que havia ouvido corretamente, Jack parecia tão perplexo quanto realmente estava.

Konoco riu. Ahmad riu. Era um riso contagiante, mas Jack conseguiu apenas esboçar um sorriso embaraçado.

– Você interpretou mal a chegada de Ahmad, achando que ele significava um perigo iminente – adivinhou Konoco – e arruinou o banquete que eu tinha para ele, tocando uma bronha dentro da água com mais força do que a correnteza do mar seria capaz.

– Sim, bem... – Jack começou, mas deixou por isso mesmo.

– Jack é o típico turista de Zanzibar – disse Konoco para Ahmad. – Bem, talvez típico apenas pelo fato de achar que as leis de Zanzibar contra certos comportamentos sexuais são estritamente respeitadas.

– Nunca – zombou Ahmad.

— Mesmo que elas fossem levadas a ferro e fogo, Jack — disse Konoco — e você tivesse acabado de cometer uma transgressão, simplesmente seria deportado para a boa e velha América.

— Eu não gostaria de ser deportado tão cedo, obrigado — disse Jack, — portanto, é melhor eu me vestir.

Jack seguiu até as roupas. Como sempre havia sido rápido em se recuperar sexualmente, ele sabia que a sua masturbação entre as ondas para atingir o clímax não iria manter o seu pau mole por muito mais tempo, frente às investidas sexuais relativamente agressivas de Konoco.

— Espere secar um pouco mais — disse Konoco, adicionando logo em seguida: — Deixe-me tirar um pouco da água das suas costas.

Sua palma passeou por toda a extensão das costas de Jack, uma, duas vezes e então numa grande deslizada final os dedos largos de Konoco atingiram o início das curvas da bunda de Jack, que passou o tempo todo de pé, com as calças na mão sem vesti-las.

— Nos EUA eu me viraria e agarraria o seu grande pau preto sem poder ser acusado de nada — disse Jack.

— Oh, em Zanzibar se você se virasse e agarrasse o meu grande pau eu simplesmente lhe diria "Obrigado" — disse Konoco. — Lembra-se de eu ter lhe contado a respeito de minhas aventuras sexuais nesta mesma praia, cujas memórias seriam o motivo da minha ereção?

— Lembro-me vagamente. — A lembrança que Jack tinha era tudo menos vaga.

— Era de sexo com Ahmad que eu lembrei. Não apenas uma, mas várias vezes, não é verdade, Ahmad?

— Sim, é verdade, primo — confirmou Ahmad.

— Surpreso, Jack? Chocado? — Konoco perguntou com o sorriso ainda mais largo.

— Surpreso somente por ter imaginado que as leis mantinham este tipo de coisa sob controle ou escondidas. Obviamente, eu estava errado.

— Ele finalmente vê a luz, Ahmad. Ainda há esperança.

— Esperança de quê? — perguntou Jack curioso. Seu pau estava se alongando visivelmente, deixando-o nervoso.

— Esperança de que você possa ser convencido a se divertir um pouco conosco, participando de alguns joguinhos agradáveis — disse

Konoco. – Desde a primeira vez que eu o vi caminhando pelos corredores do museu, brincando com aquele seu pau duro tão evidente dentro de suas calças, eu disse a mim mesmo: "Konoco, você não gostaria de colocar as suas mãos pretas naquele pau e naquela bunda branquinha?" Eu não lhe contei a respeito do gostosão branco que eu tinha encontrado no museu, Ahmad?

– Bonito como o diabo. Gostoso como o diabo. Bem dotado como o diabo! Foi isso que você disse – concordou Ahmad.

– A questão, claro, é se Jack está interessado em tudo isso – definiu Konoco. – Verdade que ele passou um tempo trancado com o professor Mider, que gosta de pau como a bicha que é. Mider teme as possíveis conseqüências tanto quanto Jack, mas não tanto a ponto de não cometer os deslizes algumas vezes.

Jack se perguntou se isso não deveria ser relatado a Field, que era, afinal de contas, quem mais perderia se todo o tempo e esforço necessário para trazer Carl até a ilha fossem repentinamente desperdiçados com a sua deportação.

– Aposto com você que Carl – continuou Konoco – não foi capaz de controlar a sua fome, exposto à mera possibilidade de um turista americano de pau grande. Você conseguiu contê-lo, Jack, ou esta pergunta não vale? Se não, que tal esta então: suas ereções anteriores entre a cidade e a nossa chegada até aqui se deviam meramente aos impactos do carro?

– Você precisa de mais alguma resposta com o meu pau ficando cada vez maior?

– Seu pau está ficando cada vez maior? – perguntou Konoco. – Vire-se e deixe-me ver.

Jack colaborou e baixou as calças que ainda segurava na frente do ventre para permitir que Konoco e Ahmad dessem uma boa olhada.

– Isso me deixa realmente feliz – disse Konoco –, pois apesar de lá no fundo eu ter achado que nós dois nos sentíamos do mesmo modo em relação às bundas e aos paus de homens atraentes, às vezes é difícil julgar. Vamos encarar os fatos, Jack. Você é um belo garanhão que deixaria a maioria das mulheres com a boceta molhadinha, loucas para senti-lo dentro delas. Você bem que poderia preferir isso.

– Não é muito provável.

– Nunca se sentiu tentado? Nem mesmo uma única vez?
– Nenhuma.
– Nem eu. Ahmad corta dos dois lados, não é, Ahmad? Se fosse antigamente, nos bons tempos em que havia turistas aqui aos montes, Ahmad poderia estar nadando em dinheiro. Cuidando dos homens e das mulheres que assim quisessem. Esses bons tempos, porém, já se foram e Ahmad está fadado a transar de graça com as piranhas locais, se ajeitar com a sua própria mão ou com o seu primo cheio de tesão.

– Isso tudo me parece um pouco... exposto demais – disse Jack, conseguindo finalmente descrever o que eu sentia. Ele não se referia apenas à sinceridade de Konoco e Ahmad, mas à ampla praia deserta que o fazia sentir-se particularmente vulnerável.

– Pouca gente vem até aqui – disse Konoco. – Refiro-me a esta praia, embora possa dizer o mesmo a respeito da ilha. A gente daqui prefere ir às praias mais próximas de suas casas. A média dos habitantes de Zanzibar acreditam que esta praia, outrora popular entre os turistas menos supersticiosos, apesar de tão bonita abriga muitos fantasmas. Segundo eles, ela fica demasiadamente perto das cavernas de Mangapwani, onde eram desenvolvidas práticas sinistras com os escravos. Muitos deles, na verdade a grande maioria, eram negros de Zanzibar, nem de longe tão bem colocados junto aos senhores de escravos árabes como membros da minha família chegaram a ser.

– Pode haver alguém naquelas árvores – lembrou Jack, – com câmeras. Com lentes de zoom.

– Pode haver queijo verde na lua – disse Konoco. – Mas há? A menos, é claro, que seja algum resto deixado pelos seus astronautas ianques com mania de caminhar por lá.

– Vamos para as Termas Kidichi – disse Ahmad, que brincava despreocupadamente com o seu pau pela fenda de suas calças.

Ao que parecia, Jack tinha cruzado o caminho de dois homens negros fantasticamente bem dotados ao mesmo tempo.

– Sim – disse Konoco –, vamos.

– Termas Kidichi? – Jack quis saber.

– De certo interesse histórico para alguns, como você, por serem parte da herança dos antigos senhores de escravos árabes da ilha – disse Konoco – e de maior interesse prático porque oferecem uma privacidade bem menos ameaçadora do que essa amplidão.

6

As termas ficavam no caminho de volta para a cidade, mas nem por isso o acesso a elas era mais fácil do que para qualquer outro dos lugares históricos deteriorados devido à negligência das autoridades. Por duas vezes, Jack pensou que eles tivessem pegado a estrada errada, embora estrada não fosse o termo certo, já que a floresta tinha destruído completamente a trilha original. Em certo ponto, uma árvore de cinco metros de altura crescia no meio do caminho, fazendo com que o espaço para o carro passar fosse tão estreito que o Land Rover ficou todo arranhado, ainda que isso não fizesse muita diferença, tendo em vista as marcas anteriores.

– Construídas por volta de 1850 pelo sultão Seyyid Said Ben Sultan – começou Konoco no seu papo de guia turístico antes que se pudessem ver as termas – para a sua esposa persa, princesa Shehrazid, neta de Fateh Ali Shaid, o xá da Pérsia.

As termas se materializaram através, ao redor, ao lado e entre o mato. A imagem sugerida por Konoco era bem mais gloriosa do que a verdadeira explosão de abóbadas dos mais variados tamanhos no meio do nada.

– Escolha uma construção ao acaso – disse Konoco. – Elas se parecem muito, exceto por uma pequena diferença no tamanho no que sobrou (pelo menos até a última vez em que eu verifiquei) do estuque de estilo persa encontrado lá dentro.

– Porta número três – disse Jack, apesar de suspeitar, corretamente, que nenhum de seus companheiros havia captado a sua alusão a um jogo popular da tv americana.

– Tão boa quanto qualquer outra – disse Konoco, seguindo na direção indicada. – Façam bastante barulho ao se aproximar, por favor, pelo fato de os interiores sombrios servirem de refúgio do sol abrasador para as mais variadas espécies selvagens.

O prédio estava ainda mais deteriorado do que lhes havia parecido de longe.

— Ahmad, dê uma olhadinha rápida lá dentro — insistiu Konoco. — É melhor você ser mordido por uma cobra do que eu ter que explicar às autoridades como um turista americano foi morrer justo aqui dentro. Afinal de contas, foi você quem recomendou essas acomodações.

Jack ia protestar contra a idéia de usar Ahmad como boi de piranha, mas o próprio não relutou em assumir a função e passou por uma porta baixa antes que Jack pudesse dizer qualquer coisa.

— Não se preocupe — disse Konoco. — De verdade. Não é nem de perto tão perigoso quanto parece. Qualquer coisa que tenha, porventura procurado abrigo aí dentro já foi parar dentro de alguma panela há muito tempo. Qualquer coisa mesmo.

O comentário, porém, não impediu que Jack ficasse preocupado quando Ahmad pareceu demorar mais do que o que parecia necessário lá dentro.

— Talvez ele tenha sido comido pelo último javali selvagem de Zanzibar — sugeriu Konoco —, se é que existe algo assim.

O sorriso que acompanhou a sugestão mostrou que não passava de uma brincadeira.

Poucos segundos depois, Ahmad apareceu.

— Jack tinha a certeza de que você tinha sido levado pelos fantasmas do lugar — disse Konoco, saudando a volta do primo.

— Eu estou bem — assegurou Ahmad a Jack, já que não achava que o primo estivesse realmente preocupado.

— Ahmad nos guiará — disse Konoco. — Jack irá em seguida. Eu cuidarei da retaguarda para espantar... fantasmas ou o que aparecer.

A entrada era tão baixa quanto parecia, a ponto de Jack ter que se encolher para passar. Havia apenas um pequeno corredor que terminava e um mal iluminado recinto abobadado.

Jack se esticou. Era óbvio que Ahmad havia arrumado um pouco as coisas, mas ainda havia teias nos cantos do teto e paredes. Jack não queria se encontrar com quem quer que tivesse tecido aquelas teias tão grossas. Certa feita, ele havia visto uma tarântula e não gostava nem um pouco da lembrança.

– Até mesmo as proprietárias destas teias há muito negligenciadas foram comidas com todo o resto – disse Konoco, lendo a mente de Jack. – São tão saborosas quanto as galinhas, quando se queima o pêlo do corpo e se assa o resto na brasa.

Jack estremeceu.

– Então esta é a decoração de estuque no estilo persa – disse Jack, querendo mudar de assunto.

Os desenhos a respeito dos quais ele comentou estavam deteriorados e em sua maioria apagados pela umidade, negligência e ação do tempo.

– Se a coisa continuar neste ritmo, em alguns anos nada mais restará – disse Konoco. – Uma ilha que deseja promover o seu turismo deveria fazer um esforço maior para preservar o que tem de herança, você não acha? Já existem muitas outras ilhas repletas de palmeiras, praias brancas, oceanos azuis e pobreza violenta. Contudo, quase todo mundo em Zanzibar ficaria bastante feliz de ver todas essas evidências do domínio árabe desaparecerem completamente.

– Por aqui – disse Ahmad e seguiu em direção a uma outra porta baixa.

Jack o seguiu e Konoco cuidou mais uma vez da retaguarda.

Jack tentou imaginar como o lugar devia ter sido nos seus primórdios, em plena atividade, com a presença viva de uma princesa e seus acompanhantes. Agora, dutos de pedras que haviam outrora trazido água fresca e perfumada não continham mais que poeira seca que congestionava as vias respiratórias. Era difícil imaginar que qualquer uma daquelas termas tivesse sido mais do que os atuais montes de estuque caindo em flocos como caspa.

Uma única janela deixava entrar uma luz leitosa através de uma treliça de pedra, muita sujeira e uma teia ainda intacta.

– Acha que isso é privacidade suficiente? – perguntou Konoco. – É claro que toda cúpula pode ser espionada eletronicamente, mas isto certamente seria requintado demais para agarrar um turista gay que voltaria para os Estados Unidos contando estórias de horror a respeito da violação dos direitos humanos em Zanzibar, você não acha?

Provavelmente, mas e se isso fizesse parte de uma armadilha para descobrir o que Field Speer, juntamente com a ajuda de Carl Mider e a do próprio Jack, estavam tramando?

Konoco colocou a mão no seu bolso de trás e tirou de lá a sua carteira para contar algumas poucas notas locais. Estendeu o dinheiro para Ahmad, que imediatamente o colocou no bolso e começou a tirar a roupa.

— Espere — disse Jack, embora suspeitasse que as coisas já estivessem fora de seu controle.

Ele estava confrontado com o dilema de protestar excessivamente. Lembrou-se de uma cena de um dos textos de Shakespeare, em que se diz a respeito de uma personagem que estava sendo acusada: "A senhorita protesta demais." Será que algum homem normal, ainda que apenas levemente inclinado à homossexualidade, rejeitaria o tipo de proposta de Konoco e Ahmad?

Jack meteu a mão no seu bolso em busca do chumaço de dólares americanos.

— Quero dar qualquer coisa para Ahmad — ele disse. — Desculpe, mas eu não tenho idéia de quanto.

— Lembre-se do que eu lhe disse certa vez a respeito do valor de um dólar nos dias de hoje em Zanzibar — lembrou Konoco.

Jack contou cinco notas de um dólar. Parecia pouco, comparado ao que cobrava o mais feio dos rapazes que vendia o seu pau e sua bunda em qualquer esquina dos Estados Unidos, e visto que Ahmad e Konoco eram dois espécimes de primeira.

Jack estendeu o dinheiro para Ahmad. Este olhou para Konoco, que lhe fez um meneio de cabeça para que o aceitasse.

— Você vai ter que manter a sua boca fechada a respeito da generosidade de Jack — disse Konoco para o seu primo — ou eu terei que me pegar com os homens que quiserem arrancar o dinheiro dele.

— Ele na verdade não tem que fazer coisa alguma pelo dinheiro — disse Jack. — É um presente.

Konoco riu.

— Jack, Jack, Jack — Konoco cantarolou e riu ainda um pouco mais. — Ahmad vende o seu corpo por dinheiro. Ele tem que fazê-lo, caso contrário morreria de fome. O mesmo aconteceria à sua mãe. E ao seu irmão. Mas ele não vai transar com você apenas pelo dinheiro, embora tenha que cobrar por isso. Ele transaria de graça com você se pudesse, porque deseja fazê-lo. Nós pertencemos a uma longa linhagem de boqueteiros e comedores de bunda, não é mesmo, Ahmad? Desde o vovô e o seu garanhão árabe. E você é a melhor coisa que nos aparece pela frente há muito, muito tempo.

– Será que devo acertar com você agora também?

– Mais tarde – disse Konoco, suspendendo o assunto com um gesto, desejando não estar tão dependente financeiramente, como Ahmad, para poder oferecer seus serviços sexuais de graça.

Certo de que as questões financeiras já haviam sido acertadas, Ahmad tirou a sua camisa.

Como na primeira vez em que havia visto Bonjo, no jardim-floresta, Jack ficou surpreso ao perceber como Ahmad era bem constituído para alguém que ele havia julgado ser tão jovem. A dificuldade de se obter comida em Zanzibar provavelmente havia roubado qualquer excesso de carne ou gordura de sua juventude. O que restara era firme, como que cuidadosamente esculpido em mármore negro, sem nenhum desperdício. Os peitorais de Ahmad eram círculos perfeitos separados por uma reentrância não muito profunda mas nem por isso menos definida. Cada peitoral tinha um mamilo do tamanho de uma moedinha, preto sobre preto.

Seu estômago era firme, possivelmente até côncavo, estendido entre os proeminentes ossos dos quadris. Era arredondado com alguns sulcos levemente ondulados, como um intrincado quebra-cabeças de músculos abdominais irregularmente salientes num ajuste perfeito. Seu umbigo era apenas uma concavidade que se contraiu suavemente quando ele abriu as calças e se curvou ligeiramente quando elas caíam aos seus pés.

Seu pau era grande. Não tanto quanto o de Konoco. Não tão longo quanto o de Jack. Mas ainda assim grande. Quase tão grosso quanto o de Konoco, talvez da mesma grossura do de Jack. Era recoberto por um prepúcio não circuncidado, através do qual surgia, como o pescoço de uma tartaruga, a sua chapeleta rombuda completamente ereta.

Suas bolas fartas davam ao saco escrotal um aspecto de queixo duplo, suspensas dentro do primeiro, com o segundo pendendo imediatamente abaixo.

Ele tinha belas pernas e uma bonita bunda. Não tinha pêlos, exceto pelos poucos e esporádicos fios cacheados na base do seu pau.

– Percebe a semelhança familiar? – perguntou Konoco, tirando a sua camisa. Ele abriu suas calças, baixou-as, e deixou o seu pau grande e ainda duro novamente à mostra, desvencilhando-se de uma só vez dos sapatos e das calças a seus pés.

Sob circunstâncias similares, Jack estaria no sétimo céu. Uma de suas fantasias mais recorrentes era a de ser imprensado entre dois bofes negros num sanduíche sexual. Ele já tinha se masturbado com esta fantasia mais de uma vez, desde que ficara sabendo que iria para Zanzibar. Mas nem mesmo em seu sonho erótico mais picante ele havia acreditado que aquela fantasia poderia chegar tão perto da realidade.

Se pelo menos ele estivesse em Zanzibar apenas para fazer pesquisas para um artigo. Se pelo menos ele não fosse parte de uma coisa tão maior e complexa que havia custado literalmente anos a Carl Mider para arquitetar. Apesar de sua participação no esquema ser menos complicada do que a de Carl, certamente demoraria um bom tempo até que conseguissem colocar alguém no lugar de Jack, caso ele fizesse alguma bobagem. Tudo arranjado nos mínimos detalhes, e de repente Jack é preso pela polícia local por participar de uma suruba com Konoco e Ahmad, fazendo com que todo o plano de Field tenha que ser reformado. Será que as autoridades voltariam a permitir a entrada de Field no país para desempenhar a sua atual função de manter a atenção de todos longe do que realmente estava acontecendo?

– O que acha de começarmos sem você? – sugeriu Konoco. – Sinta-se à vontade para juntar-se a nós, quando quiser.

Jack era o único que ainda estava vestido, apesar da óbvia dureza de seu pau revelar que ele preferiria estar nu.

– Precisamos usar camisinhas – disse Jack.

Ele tinha sido contratado pela sua inteligência, entre outros atributos, e estava disposto a usá-la. Costumava confiar na sua intuição, e ela lhe dizia que aquilo parecia perfeito demais para ser uma armadilha. Como é que alguém em Zanzibar, exceto Carl e Field, poderia saber que ele era gay? Será que as autoridades de Zanzibar teriam uma mulher negra reservada caso Jack se mostrasse heterossexual?

– Nós temos camisinhas, não é, Ahmad? – disse Konoco. Ele se abaixou para pegar suas calças e Jack chegou a pensar que o pau grande do negro ia golpear o seu queixo. – Suecas, já que os suecos foram uns dos poucos que não desertaram desta Zanzibar de apelos turísticos a preços modestos. Também a Suécia tem a sua parcela de viados. E ainda que não tivesse, que hetero sueco se importaria de as camisinhas tão graciosamente distribuídas por seu país serem algumas vezes usadas para a passagem de um pau pela garganta ou pela bunda de um homem, ao invés da boca ou da boceta de uma mulher?

Ele mostrou o envelope plástico de uma camisinha a Jack. A camisinha de Ahmad estava num pacote branco.

Para não ficar para trás, Jack sacou uma *Trojan* lubrificada, apesar de achar que uma *Sheik* seria mais apropriada.

– Temos camisinhas de sobra – disse Konoco, dando um tapinha no bolso de sua calça, indicando a reserva.

– Então, como vai ser? – perguntou Jack.

Agora ele tinha se comprometido e eles sabiam disso. Se aquele era um plano dos dois para pegá-lo, ele estava pego. Se Jack queria que suas ações fossem comandadas mais pelo seu cérebro do que pelo seu pau, ele teria que lutar contra a realidade de ter ficado excitado para além do crível por aqueles dois negros.

– Nós podemos fazer do jeito que você preferir – disse Konoco. – Quem paga dita as regras, não é isso, Ahmad?

– Exato!

Já que Jack tinha mergulhado de cabeça, bolas e bunda, ele poderia muito bem tornar a sua fantasia realidade. Só Deus sabia quando ele teria outra oportunidade como aquela. Certamente não em Zanzibar, lugar que Jack não tinha planos de visitar novamente, mesmo que permitissem que ele voltasse depois dos planos de Field.

– Você com certeza tem uma preferência – disse Konoco. – Ainda que não haja nada que eu deseje mais do que enfiar o meu pau preto na sua bunda branca, admito que também adoraria ter o meu rabo penetrado pelo seu grande mastro branco.

Jack chegou a achar graça na dificuldade de o ménage começar por conta de todos eles serem versáteis demais para decidir quem ia fazer o que com quem.

– Ahmad? – Konoco tentou antes de sugerir que eles decidissem no palitinho.

– Eu quero sentir o pau deste bofe branco enterrado na minha bunda – disse Ahmad. – Você pode fazer isso por mim, garanhão? Me fazer gritar como se eu fosse um bezerro desmamado, com seu pau de aço dentro de mim?

– Claro – disse Jack e tirou a sua camisa. O bico de seus mamilos, do tamanho de uma moeda, estavam duros como percevejos.

Ele baixou as suas calças, desvencilhando-se delas e de seus sapatos. O chão revelou-se surpreendentemente frio de encontro à planta de seus pés descalços.

– Um pau grande e duro – disse Ahmad. – Como meu primo Konoco havia dito, e ele não mentiu.

– Vou precisar de um momento para encapá-lo – disse Jack, curvando-se em direção às suas calças à procura de um lenço no bolso da frente. – O maldito escorre como louco quando eu fico excitado. Eu estou muito excitado.

– Vamos vê-lo babar um pouco mais – disse Konoco. – Massageie-o e faça-o babar.

– Sim – Ahmad concordou.

Como o seu pau já tinha crescido e ficado molhado com a sua secreção pré-seminal, Jack fez conforme lhe pediram. O anel formado pelo seu indicador e polegar drenou mais umidade de seu membro.

– Eu nunca vi tanta secreção num pau branco – disse Ahmad, passando a língua pelos lábios.

– Já ouvi dizer que não há lubrificante melhor do que a secreção de um pau branco – disse Konoco, aproximando-se de Jack e curvando-se para examiná-lo.

Ahmad inclinou-se do outro lado de Jack.

– Posso tocá-lo? – pediu Ahmad. – Só para ficar com uma pequena amostra nos meus dedos?

Konoco passou uma mão pela parte posterior de uma das pernas de Jack. Seus dedos deslizaram por entre as suas coxas e roçaram o pêlo de suas bolas.

O pau de Jack soltou mais secreção. Ahmad tocou a lânguida corrente de líquido e esfregou seus dedos, soltando um murmúrio de apreciação como se tivesse descoberto o segredo que transformava chumbo em ouro.

– Viscoso – ele disse. – Realmente viscoso. E acetinado. Muito acetinado. As camisinhas podem ser mais seguras, mas será que são mais divertidas? – perguntou Konoco com um suspiro.

Ele tomou as bolas de Jack nas mãos, como se ambas fossem uma única teta de vaca, dando-lhe um suave e prolongado puxão.

– Eu nunca fiz sexo sem proteção – disse Jack.

– Nem é provável que faça, suponho, numa ilha da costa da África onde a aids prolifera – disse Konoco dando mais uma puxadinha nas bolas de Jack, deleitando-se com mais um jorro de secreção.

Ahmad quis mais lubrificante da cabeça do pau de Jack, brincando com ela, esfregando-a entre o seu polegar e indicador.

– É melhor encapuçar logo este seu pau, branquelo – disse Konoco, – antes que eu ou Ahmad sente até as suas bolas brancas, e você nem saiba o que aconteceu.

Jack usou o lenço para secar a umidade já presente e o que quer que ainda pudesse escorrer do seu pau. Quando já estava suficientemente seco, Jack o cobriu com uma camisinha, desenrolando o látex por todo o cacete até as bolas. Quando acabou, o pau de Konoco também já estava emborrachado. Como Ahmad ia encabeçar o trenzinho, ele guardou sua camisinha de volta no bolso e deixou o pau à mostra.

– Espere um minutinho para eu deixar o meu pau molhado – disse Konoco. – Ao contrário do seu, o meu está seco como o deserto.

Jack esperava que Konoco cuspisse na mão e espalhasse o líquido ao longo do seu membro emborrachado. Talvez ele até lhe pedisse par dar uma chupada o bastante para lubrificar o mastro para uma comidinha de bunda. Em vez disso, porém, Konoco cuidou da sua própria pica preta, afastando-a suavemente de sua barriga preta e curvando-se à altura da cintura, baixando o seu rosto até a ponta do pau, onde sua boca se engachou.

– Meu Deus! – disse Jack. Por maior que fosse a sua ferramenta, Jack nunca tinha conseguido chupar a sua própria rola, e não era por falta de tentativa!

– Um pouco das habilidades das articulações superflexíveis da família – disse Ahmad, também mergulhando rapidamente de cabeça no seu próprio pau. Mas ele não chupou muito, endireitando-se mais uma vez. – Acho que vou chupar o meu pau no momento em que o seu pau branco estiver comendo meu cu e, me fazendo esporrar. Talvez eu meta o meu pau tão fundo na minha garganta a ponto de ver entre as minhas pernas, para além das minhas bolas até as suas bolas peludas. Quando você soltar sua porra quente dentro da camisinha enfiada no meu rabo.

– Olhe um pouco mais e verá as minhas bolas também – disse Konoco, erguendo-se depois de dar um banho de língua no seu pau. – E adivinhe o que as minhas bolas estarão fazendo?

– Vamos deixar a minha bunda descobrir o que o seu pau é capaz de fazer – sugeriu Jack –, antes que esse banho de língua que você deu nesta camisinha evapore e você tenha que refazer a sua performance de *pretzel* humano.

– Eu primeiro – disse Ahmad, voltando a sua bunda na direção de Jack, com as mãos em suas próprias nádegas musculosas para esticar o rego e revelar a perturbadora e minúscula porta de entrada de seu cu já a postos.

Jack se aproximou, enganchou seu pau com o polegar e o curvou, fazendo-o passar da posição vertical para a horizontal de forma a deslizar a ponta lubrificada de sua camisinha pelo rego de Ahmad até o verdadeiro alvo.

Com um movimento para trás Ahmad envolveu metade do pau de Jack numa única grande engolida. Jack não soube dizer ao certo se o "Aaarrghh!" resultante do jovem negro foi de prazer ou por ter simplesmente percebido tarde demais que havia abocanhado mais do que a sua bunda podia aguentar. A pergunta foi respondida quando o rabo quente do outro engoliu a metade restante do pau de Jack numa segunda investida dos quadris de Ahmad.

– Ugh! Ugh! – foi a vez de Jack grunhir um pouco.

Ahmad era deliciosamente apertado. Tanto que era difícil para Jack imaginar como podia ter entrado tão fundo em tão pouco tempo. Suas mãos se ancoraram nos quadris de Ahmad e lá ficaram, o prazer deixando-o inebriado.

– Eu deveria tê-lo alertado de que a minha família é conhecida pelos seus cus apertados – disse Konoco tão perto que seus mamilos duros espetaram as costas de Jack como dois percevejos. –

Mais uma das características genéticas causadoras da popularidade de vovô e de seus descendentes até os dias de hoje.

– Eu posso muito bem imaginar como aquele árabe senhor de escravos ficou impressionado a ponto de querer manter o seu avô sempre por perto – disse Jack. Sua voz estava decididamente arfante.

– Os membros desta família conseguem, por vezes, fazer alguém gozar apenas com um pouco de vibração anal – disse Konoco. – Sorte do pau, que não precisa fazer absolutamente nada. Mas eu não quero que a bunda de Ahmad lhe mostre nenhuma destas mágicas particulares. Eu é que vou lhe mostrar como se faz quando o seu pau branco estiver enterrado na minha bunda preta. Quem sabe você acabe resolvendo me comer mais uma vez um dia desses.

A mão de Konoco mirou o seu pau direto para o chão, a força exercida para mantê-lo ali parecendo suficiente para arrancá-lo de sua base robusta. A dor porém não pareceu suficiente para amolecer o seu membro, já que continuou firme como uma rocha.

A aproximação do pau de Konoco do cu rosado de Jack não se deu pela coluna vertebral até o cu, mas sim de baixo para cima, das bolas de Jack para a sua abertura anal. De início, a vara de Konoco correu por entre as coxas de Jack, o frescor da ponta molhada de saliva cutucando a parte posterior de seus testículos, fazendo Jack pensar que o garanhão negro tinha errado completamente o alvo.

Konoco, porém, não tinha errado nada. Ele sabia exatamente para onde o seu pau estava indo e o que ele estava fazendo, o que incluía passar os seus dois braços em torno do americano, deslizando as suas mãos entre a barriga de Jack e a bunda de Ahmad, suas palmas subindo para o peito até cobrir os dois mamilos duros de Jack.

Ao jogar os seus quadris um pouco mais para trás, Konoco guiou a sua cabecinha por entre a interseção do saco de Jack com o seu rego. Levando os seus quadris ainda mais para trás, a cabeça do pau de Konoco deslizou para dentro do rego de Jack. Konoco só precisou aplicar a pressão exata contra o rego de Jack para impedir que seu pau pulasse imediatamente para uma posição vertical. Um centímetro de cada vez, o pau de Konoco, como um grande ponteiro de relógio, foi chegando cada vez mais para perto do cu de Jack.

– Isso – disseram Jack e Konoco ao mesmo tempo.

Sua bunda expeliu a carne branca até o ponto onde mais uma vez somente a sua cabecinha emborrachada ficou presa pelo seu esfíncter. Ahmad cessou todos os movimentos e esperou enquanto o pau de Jack vinha para a frente e deslizava de volta para o cu ávido que o aguardava.

A barriga de Jack mais uma vez aninhada no ajuste perfeito oferecido pelas curvas da bunda de Ahmad, o cu de Jack repentinamente abrigando apenas a cabeça grossa do pau de Konoco, que em seguida veio para a frente enchendo o mesmo cu que tinha acabado de abandonar.

O processo se repetiu. Outra e outra vez, até que todos os três formassem uma imagem mental do funcionamento da coisa. Era importante que eles conhecessem o mecanismo daquilo e direcionassem bem suas sensações, pois bastava um homem fora de sincronia para que o trenzinho descarrilhasse, deixando um pau escapar completamente. Apesar da recolocação do tal pau desobediente poder se tornar uma coisa agradável, havia mais prazer num movimento lento, ininterrupto, suave e bem coordenado, um êxtase que vinha num crescendo constante de uma dança mais talentosamente coreografada.

À medida que cada um dos homens se familiarizava com o ritmo necessário, a velocidade foi aumentando.

Numa deslizada do pau de Jack para dentro da bunda de Ahmad, o rapaz negro optou por colocar as mãos nas suas coxas e se curvar para a frente, não apenas se preparando para aproximar a boca do seu pau para quando ele finalmente explodisse, de modo a poder chupar cada gota de sua porra, mas também porque aquilo lhe dava um equilíbrio maior enquanto o movimento dos três se intensificava.

Jack tinha uma variação toda própria que ele já havia planejado aplicar desde o começo. Ele se inclinou para a frente, encaixando-se como uma concha sobre o corpo de Ahmad curvado para a frente e deu início a uma missão de pesquisa e reconhecimento com as suas mãos, conseguindo por fim agarrar o pau duro de Ahmad (ou pelo menos o que era humanamente possível alcançar dele), envolvendo também as bolas peludas de Ahmad.

– Oooohhhaaahh! – disse Ahmad, reagindo ao assalto adicional contra o seu corpo.

Ele não havia tocado o seu próprio pau com suas mãos ou boca, pois temia que qualquer prazer extracombinado com o incrível êxtase do mastro branco deslizando para dentro e para fora de seu traseiro o impelisse rápido demais para o orgasmo. Passou a temer ainda mais agora, depois de ter sentido a descarga de eletricidade dupla, vinda do contato da mão branca com seu pau preto e dos dedos brancos com seu escroto preto, provocando uma corrente que atravessou cada fibra do rapaz.

Jack teve dificuldade para se segurar, afinal de contas esta era uma fantasia tornada realidade. Antes ele só tinha a imaginado – ao se masturbar, ao comer ou ser comido por paus brancos, espanhóis ou asiáticos, ao ser comido por paus pretos, embora nunca um segundo negro tivesse estado presente – até agora.

Era real e maravilhoso! Muito mais intenso do que qualquer ilusão. Apesar de ser um profissional na arte de comer e ser comido, tendo uma bela lista de parceiros experientes no seu currículo, Jack não se lembrava de ter sido levado tão rapidamente às alturas do êxtase, de onde não havia mais para onde ir a não ser cair na explosão das próprias entranhas.

– Eu sabia. Achei você sexy desde o início – disse Konoco em meio a pequenos grunhidos arfantes. – Desde o começo eu achei a sua bunda tesuda, o seu pau sexy, mas comer você, o meu cacete na sua bunda sexy e a sua rola gostosa no cu preto de Ahmad é demais para acreditar!

Konoco puxou o seu pau para fora da bunda de Jack, que correu de volta por ele, enquanto o seu deslizava para fora do cu de Ahmad, que então correu de volta sobre a ereção de Jack.

– Você me deixa excitado, homem branco – disse Konoco. – Você me deixa excitado de verdade. Você me deixa com mais tesão do que esse homem negro é capaz de lembrar já ter sentido. Tesão de verdade.

Ahmad não conseguiria falar se quisesse. Estava excessivamente concentrado em evitar que o seu prazer escapasse do controle e o enviasse a uma órbita cataclísmica antes que as bolas de Jack explodissem na sua bunda. Era Jack quem estava pagando, Ahmad gozar ou não era algo que não importava. Ahmad estava perturbado pela sensação que o pau daquele homem branco lhe provocava, me-

7

Eles deixaram Ahmad na cidade velha.
Field Speer saiu pela porta principal do hotel assim que Konoco e Jack estacionaram, parando ao ver Jack sair do carro.
– Ah, senhor Jack, o estripador – ele disse saudando-o. – O que foi que andou fazendo para se meter com a polícia de Zanzibar?
– Perdão? – Jack estava verdadeiramente confuso.
– Aquele ali no carro é o senhor Fassall, não é? Ou eu deveria dizer o cabo de polícia de Zanzibar Konoco Fassal?
Jack voltou-se para Konoco francamente atônito:
– Você é da polícia?
A idéia que poderia soar não apenas possível, mas também provável apenas algumas horas antes, agora o deixava completamente atordoado.
– Entre! – disse Konoco, querendo evitar uma discussão.
– Você está sendo preso, Jack? – perguntou Field. – Eu conheço algumas pessoas importantes neste inferno. Posso ligar para elas e pedir ajuda.
– Eu estou sendo preso? – perguntou Jack a Konoco, antes de entrar novamente no carro.
– Por favor, entre – disse Konoco. – Não, você não está sendo preso. Aquele filho da puta!
– Jack? – insistiu Field.
– Eu estou bem, senhor Speer – disse Jack e entrou no carro.
– Se precisar de alguma coisa, ligue! – gritou Field depois que Konoco arrancou com o carro cantando os pneus.
– É inacreditável! – disse Jack balançando a cabeça. – Inacreditável!

– Um policial gay? – disse Konoco.
– Então você é mesmo um tira.
– Eu sou um tira gay.
– Meu Deus!
– De um escalão muito baixo, aliás – disse Konoco. – A minha família, como ocorre com muitos de nós, nunca mais desfrutou da confiança do governo depois da revolução. Nós sempre fomos vistos como excessivamente amigáveis para com os árabes, mesmo após o fim da escravidão. Nós só nos salvamos de sermos eliminados porque era inegável que o meu avô tinha sido escravo na época do domínio árabe. Você, contudo, não encontrará nenhum de nós num posto de poder de verdade.
– Eu fui comido por um maldito policial!
Jack ainda estava tendo dificuldades em aceitar que sua intuição o tinha deixado na mão. Não que houvesse acontecido algo de terrivelmente desastroso por causa disso, pelo menos não por enquanto.
– Um policial gay cheio de tesão que comeu a sua bunda somente porque a desejou desde o primeiro momento em que avistou você naquele museu embolorado.
– Você deveria ter me dito que era um policial – disse Jack.
– Claro! – disse Konoco, embora quisesse obviamente dizer o contrário.
Ele conduziu o carro até uma rua lateral, parando sob um grande árvore que projetava uma bela sombra.
– Paranóico do jeito que você estava, com medo até de ficar pelado com outro homem na praia, você ia dar a bunda para um tira?
– E toda esta história de Secretaria de Turismo?
– Acontece que eu também sou guia turístico da cidade – disse Konoco. – Você não vai encontrar muita gente em Zanzibar que consiga se virar com apenas um emprego. Mesmo aqueles que têm a sorte de ter dois empregos ainda encontram muita dificuldade em segurar as pontas.
– Quer dizer que eu não tenho que telefonar para Field Speer para que ele mexa os seus pauzinhos?
– É só o que Field Speer sabe fazer! Aliás, como é que você conhece esse safado?

ilha. Aqueles que têm comida estão comendo. Aqueles que não têm, estão conservando energia para um outro dia tentando consegui-la.

– Talvez haja gente de barriga cheia à espreita – disse Jack. – A polícia, por exemplo. Os oficiais do governo, por exemplo.

– Eu conheço esta estrada e o fluxo de carros e pedestres. Você acha que eu a escolhi por acaso? Vim para cá porque sei o quanto essas sombras escondem o carro. Sei que poucas pessoas passam por aqui, seja a pé ou de carro, a esta hora do dia. Eu escolhi este lugar especialmente porque estava faminto pelo sabor do seu pau branco e tenho toda a intenção de saciar esta fome.

Jack checou a frente e os lados. Voltou-se e olhou para trás. Deu uma última checada em cada um dos espelhos retrovisores.

– Isto é uma loucura total – disse Jack, mas abriu o zíper de suas calças, querendo liberar o seu pau antes que o seu inchaço o deixasse excessivamente grande para puxá-lo pela brecha de sua calça sem esforço.

Jack estava bastante perturbado por estar tão fogoso e com tanto tesão quanto Konoco, e por estar fazendo aquilo. A privacidade das Termas Kidichi era uma coisa; isto já era outra completamente diferente. E se alguém os visse? E se esse alguém não fosse nem de perto tão liberal quanto Konoco ou Ahmad, ou mesmo Bonjo no que dissesse respeito ao sexo gay? Eles podiam jogar merda no ventilador e a farsa que ele estava sendo pago para representar na operação de Field seria abortada, e muito tempo, esforço e dinheiro seriam jogados pelo ralo.

Mesmo sabendo de tudo isso, as ações de Jack estavam sendo mais uma vez comandadas pelo grande pedaço de carne puxado pela braguilha aberta de sua calça em vez de pelo seu bom senso. Field talvez até gostasse da idéia. Afinal, Jack estava entrando em contato com a polícia local, não é? Talvez Konoco pudesse lhe passar algumas informações úteis, como o fato de as autoridades locais ainda manterem a vigilância sobre Field. Konoco já tinha deixado escapar que Field, como ele mesmo havia planejado, tinha muitas pessoas no seu encalço regularmente.

– Sim – disse Konoco a respeito do pau de Jack, que estava duro o suficiente para ficar de pé sozinho através da braguilha. – Deixe-me ver estas suas bolas grandes e gostosas também.

Perdido por um, perdido por mil. Jack meteu a mão nas calças, agarrou o seu escroto peludo e suas bolas do tamanho das de beisebol, fazendo-as cair sobre a abertura de sua braguilha.

Konoco rasgou um dos envelopes de suas camisinhas suecas. Ela era branca leitosa e seca, seu bico parecendo tão impressionantemente grande quanto um dos mamilos de Jack durante o orgasmo, embora nem de perto tão duro e pontiagudo. Konoco o torceu e preparou-se para colocar a camisinha enrolada no topo do pau de Jack, bem na hora em que uma gota de secreção pré-seminal escorreu dele.

– Meu Deus! – lamuriou-se Jack e vasculhou o seu bolso atrás do lenço ainda não completamente seco após a sua utilização em situação similar nas Termas Kidichi.

– Eu adoro esta sua secreção – disse Konoco. – Não apenas por ela ser tão sensualmente viscosa ao toque – disse ele, mergulhando o dedo mínimo na pequena poça formada na fissura da cabecinha do pau de Jack, – mas porque ela me revela, meu homem, que você está tão excitado quanto eu e o meu tesão sempre aumenta quando eu sei que o bofe com quem eu estou trepando aprecia a mim e ao que eu tenho a oferecer.

– Existe alguém neste mundo que não aprecie você e o que você tem a oferecer?

Jack achava difícil acreditar nessa possibilidade. Ele ordenhou o seu pau com a mão esquerda e limpou a secreção resultante com as poucas partes ainda secas do seu lenço.

– Tem gosto para tudo – disse Konoco, enquanto esperava impacientemente que Jack terminasse para que ele pudesse entrar em ação.

Konoco não se lembrava de sentir uma fome tão intensa, de desejar tanto alguma coisa quanto agora. Nem mesmo naqueles três dias, em que passara maus bocados, sem ter nada para comer exceto uma banana parcialmente podre que tinha conseguido na floresta.

– Algumas pessoas, e eu sei que você vai achar difícil acreditar nisso, só gostam de carne branca.

– Eu não tenho a menor intenção de dar início a uma cruzada para lhes contar o que elas estão perdendo – disse Jack. – Estou muito feliz de ter a sua carne preta disponível para o meu prazer e satisfação pessoais.

peludo e compacto que abarcava as bolas de Jack. Konoco meteu o seu braço livre entre as costas de Jack e o assento do carro e agarrou com força o quadril oposto de Jack.

– Puta que pariu, Konoco! – disse Jack, suas mãos no pescoço do negro e no topo da cabeça recoberta de pequenos cachos. – Você come meu pau tão bem quanto a minha bunda.

Se isso era verdade, e Konoco suspeitava que fosse, era porque o negro tinha decidido dar a Jack o melhor sexo de sua vida. As chances de Konoco conhecer alguém mais sexy do que aquele rapaz branco eram muito pequenas. Konoco queria que o sexo entre ele e Jack fosse o máximo da satisfação, pois imaginou que ainda gozaria por muitos anos com as lembranças daquele momento. Desta vez, quando a boca de Konoco circunscreveu calorosamente a base do pau gordo de Jack, toda a camisinha, agora em contato com a boca e na garganta de Konoco, foi esticada sobre toda a extensão e circunferência da ereção de Jack, como uma enorme salsicha recoberta à vácuo por um invólucro plástico.

Apesar de se ressentir da falta da nudez do membro de Jack, Konoco não deixou de se excitar com o que tinha. Assim como o chocolate, um caralho parcialmente desnudo era algo para ser desfrutado em pequenas doses, para que cada bocado se tornasse especial.

Konoco balançava a cabeça de um lado para o outro, fazendo a vara de Jack se agitar dentro de sua boca e garganta como um grande palito mergulhado num copo alto de gim-tônica. Ele chupou a base do pau de Jack com força, fazendo-o até se certificar que a camisinha que havia colocado nele estava suficientemente firme para qualquer idéia que pudesse lhe ocorrer em relação ao pau que ela recobria.

– Chupe a minha rola, garanhão – disse Jack enquanto movia seus quadris por reflexo, erguendo a sua bunda do assento do carro e metendo para dentro e para fora da boca de Konoco. – Mostre a esse pau de homem branco como é que se faz.

Aquilo era exatamente o que Konoco tinha em mente. Já que ele ia ser obrigado, de agora em diante, a comparar todas as suas experiências sexuais passadas e futuras com a que estava vivendo naquele momento com Jack, ele queria provocar o mesmo em Jack. Queria que o rico americano chupasse e comesse, fosse chupado e comido, em qualquer outro lugar do mundo, por brancos, negros, amarelos, chefes indígenas, doutores, advogados, executivos, sempre despedindo-se deles achando que nenhuma experiência se comparava, nem de longe, ao sexo que ele havia tido em Zanzibar com Konoco Fassal, o cabo de polícia e guia turístico.

Konoco lambeu o pau de Jack até o ponto máximo que conseguiu alcançar. A virilha de Jack tinha um odor característico, agora mais forte e pungente depois do sexo que eles haviam feito nas Termas Kidichi e um dia inteiro de suor, tão apetitoso e sexy que Konoco decidiu experimentar o seu sabor. Ele não apenas atiçou as suas papilas gustativas como preencheu as suas narinas, enterradas nos pentelhos negros de Jack, onde suas coxas musculosas se ligavam ao seu tronco.

Que destino cruel o de Konoco, ligar-se tanto ao pau e ao corpo de um americano branco rico, que hoje estava aqui e amanhã já teria partido. Por que não a um membro e a um corpo negros de um pobre nativo de Zanzibar que ficaria para sempre na ilha? Por algum tempo, Konoco havia pensado, contente, que o conveniente e sempre disponível Ahmad era a melhor coisa que havia. Agora, porém, Konoco descobria pesarosamente, que o prazer que a bunda e o pau de Ahmad lhe haviam proporcionado não eram nada... nada... nada... em comparação ao que lhe estava sendo oferecido por aquele jovem garanhão branco, por sua bunda e seu enorme pau igualmente brancos e pelo modo como ele reagia às suas investidas sexuais.

Jack, contudo, ainda estava paranóico demais com a possibilidade de ser descoberto por algum transeunte para permitir que Konoco permanecesse onde estava pelo tempo que ele realmente gostaria de fazê-lo. Embora a paranóia pudesse funcionar, em doses moderadas, como um afrodisíaco, Jack estava excitado demais para ficar simplesmente sentado enquanto a boca e a garganta de Konoco engoliam seu pau.

– Chupe – disse Jack, erguendo a bunda mais uma vez por reflexo, num movimento que teria enfiado o seu pau ainda mais fundo na boca de Konoco se ele não estivesse tão seguramente preso à base da sua ereção. – Vamos lá, garanhão, mama o meu cacete.

As mãos de Jack realizaram o que os seus movimentos de quadris e bunda ainda não haviam sido capazes de fazer, movendo com força o rosto de Konoco ao longo do seu membro, puxando-o para cima até a cabecinha e empurrando-o de volta até os seus culhões.

– Gosto disso, seu boqueteiro – aprovou Jack. – Como só você sabe fazer, seu negro tesudo.

Konoco se submeteu de bom grado. Não só porque foi forçado a isso pela insistência de Jack, mas porque gostava de fazê-lo, ficava excitado, desejava fazê-lo mais e mais. Ele havia nascido para isso.

– Sim – Jack cumprimentou o entusiasmo com que Konoco se integrou ao seu movimento. – Isso, seu boqueteiro, chupa tudo.

Os lábios apertados de Konoco deslizaram pelo pau de Jack até a ponta de sua cabecinha, onde fizeram uma pausa para chupá-lo, deixando suas bochechas côncavas, num vácuo cuja força foi sentida por dentro do membro de Jack até as suas bolas, onde a sua porra se aninhava em segurança.

Como se tivesse ficado preso no vácuo que Konoco havia aplicado na chapeleta do seu pau duro, o saco de Jack ergueu-se ainda mais, sendo puxado para mais perto da base de seu caralho duro.

– Só você sabe chupar assim – disse Jack, pressionando a cabeça de Konoco em direção à solidez ereta de seu pau, até o negro tocar sua pentelheira espessa.

Jack se reclinou em seu assento e usou o resto de sua concentração para se certificar de que não havia nenhum sinal de alguém refletido nos espelhos do carro. Voltou então toda a sua atenção para o boquete que se intensificava na sua pica prestes a esporrar.

– Ai, meu Deus isso é tão... gostoso – disse Jack.

Sua bunda saltou do assento do carro com mais regularidade, num movimento coordenado para melhor complementar o balanço da cabeça de Konoco sobre a sua pica.

Konoco já havia chupado paus com os quais nunca tinha ficado realmente familiarizado. Não que ele alguma vez tivesse chupado um pau sem conseguir fazê-lo esporrar, mas às vezes a coisa toda parecia se transformar mais num trabalho a desempenhar do que num prazer real em chupar. O pau de Jack, não. Deus, Konoco estava adorando chupar o cacete daquele homem branco!

Se Konoco, um profissional do boquete, estava gostando de chupar Jack, este estava se deleitando na mesma medida em ser mamado por um expert. Jack lembrava-se apenas de uns dois caras, talvez, em meio a centenas deles, mais provavelmente milhares, que tinham chupado o seu pau, que tinham chegado pelo menos perto de lhe provocar a excitação que Konoco lhe provocava.

– Chupe! Chupe!

Jack estava ficando cada vez mais insistente. Não que Konoco tivesse repentinamente deixado de fazer um bom trabalho. Na verdade, o seu trabalho era tão bom que estava sendo difícil para Jack não gozar.

– Faça-me gozar. Meu Deus, faça-me gozar. Agora... agora... por favor, agora, Konoco, por favor, agora!

Konoco fez o que Jack lhe pediu, apesar de não saber como. Ele não imprimiu maior firmeza, rapidez, energia, coordenação ou talento ao boquete. O que ocorreu, contudo, foi que com sua persistência, ele acabou adicionando o último tijolo a todo um palácio de prazer precariamente construído, uma estrutura frágil que acabou implodindo.

– Isso, oh, meu Deus! – disse Jack grunhindo com a explosão que atravessou o seu pau. – Tome, negro. Garanhão negro! Tome!

A bunda de Jack foi impulsionada, erguendo-se uns bons seis centímetros acima do assento, como se a explosão tivesse ocorrido na verdade sob ela, lançando-a para cima. Esse impulso enfiou cada partícula do seu pau mais fundo na boca de Konoco, erguendo-o também.

Quando a bunda de Jack desabou de volta no assento, a cara de Konoco a acompanhou, envolvendo profundamente o membro de Jack. A boca de Konoco torcia e chupava, chupava e torcia.

A porra de Jack inflou a ponta da camisinha dentro da garganta de Konoco, cortando o seu ar. Ele, porém, ficou exatamente onde estava, segurando o seu fôlego e chupando, chupando, chupando.

– Caralho! – disse Jack, grunhindo quando o seu pau, agora hiper-sensível por causa do orgasmo, recebeu o apertão final dos lábios, boca e garganta de Konoco.

Contrariado, Konoco afastou o rosto da pica de Jack para libertar a sua ereção agora completamente esvaziada. O bico bulboso da camisinha, uma ponta gelatinosa que pendia da cabecinha do pau de Jack, não soltou de imediato, mas ficou preso em sua garganta. Os dedos de Konoco encontraram a borda inferior da camisinha e a prenderam com segurança contra a base do pau de Jack para que a retirada da ponta emborrachada de sua garganta não fizesse com que o preservativo escorregasse por inteiro, deixando vazar a sua grande carga.

– Bolas vazias – disse Jack.

Ele não podia imaginar um modo melhor de descrever as conseqüências do seu orgasmo dentro da boca de Konoco.

– Bolas completamente vazias.

8

— Está tudo arranjado — disse a voz de Carl do outro lado da linha. — Será na terça-feira.

Era o que Jack temia: que as coisas se desenrolassem tão rápido a ponto de não haver tempo para ele se despedir direito de Konoco, que estava fora, por tempo indeterminado, metido em alguma tarefa policial. Jack havia perguntado várias vezes a Konoco se o seu trabalho na polícia tinha alguma coisa a ver com Field Speer. "Quem me dera", havia dito Konoco. "Assim, pelo menos eu estaria por perto para vê-lo no meu tempo de folga. Meu trabalho está relacionado a um grupo que está sob suspeita de estar contrabandeando produtos do continente há anos."

Alguém do alto escalão insistira para que Konoco pusesse o pé na estrada. Konoco havia dito um "espero que nos vejamos em breve" a Jack e ido embora.

— Jack — era Carl do outro lado da linha.

— Terça-feira? Tem certeza de que toda a papelada vai estar aprovada?

— Você acha que eu não conheço o procedimento?

— É que tudo parece ter sido rápido demais entre o requerimento e a aprovação.

— Rápido?

Obviamente Carl, a serviço de Field havia mais tempo que Jack, tinha uma idéia completamente diferente do que era rápido ou não.

— Eu pensava que a coisa era mais complicada.

— Foi bastante complicado — disse Carl. — Felizmente eu fiz alguns amigos nestes meses por aqui. Meses — ele repetiu com ênfase, lembrando a Jack que ele, em comparação, só estava em Zanzibar fazia poucos dias.

– Estou encantado, Carl – disse Jack com um entusiasmo que ele esperou ser capaz de convencer quem estivesse escutando a conversa, caso o telefone estivesse grampeado, de que ele realmente estava em Zanzibar para escrever um artigo sobre o tráfico de escravos, aproveitando a oportunidade de visitar alguns pontos turísticos pouco conhecidos e nunca freqüentados por estrangeiros, mesmo quando não eram tão poucos os que visitavam a ilha.

– Eu vou pegá-lo na terça – disse Carl. – Às cinco da manhã. Queremos avançar bastante antes que esquente de vez. Vista roupas leves. Levarei o que for preciso para o caso de você precisar viajar.

– Certo.

– Eu ainda tenho algumas coisas para resolver até terça – disse Carl, e como tivesse esperado mais entusiasmo da parte de Jack, decidiu desligar abruptamente.

A batida na porta de Jack coincidiu com a recolocação do fone no gancho.

– Ferdinand, não é mesmo? – perguntou Jack, todo inocente, depois de brigar com a porta e conseguir finalmente abri-la. – Mackey?

– Makin – corrigiu Ferdinand. – Posso entrar por um momento?

– Claro – Jack deu um passo para o lado, fechou a porta atrás deles e perguntou: – Como vão os macacos?

– Para falar a verdade, eu nao sou realmente um fotógrafo – disse Ferdinand.

Sem ser convidado, ele sentou em uma cadeira avariada e fez um gesto para que Jack assumisse o seu lugar na outra cadeira igualmente frágil em frente a ele.

– Receio não estar compreendendo – respondeu Jack de pronto.

– Esta foi a história que o governo de Zanzibar criou para mim como disfarce para ficar de olho em Field Speer.

– Acho que perdi alguma parte da história.

– Field Speer está em Zanzibar com más intenções.

– Achei que ele estivesse aqui para comprar cravo.
– Isso é o que ele diz. Só que ninguém, exceto você, acredita realmente nisso. Ele tem fontes alternativas de cravo suficientes para suprir as necessidades da sua empresa, obtidas depois que a produção de cravo em Zanzibar despencou. Ele não é amigo do governo atual, portanto não parece muito provável que esteja interessado num plano para salvar a economia da ilha, ainda mais porque muitos de seus amigos árabes e sócios nos negócios faliram com a revolução. Nós achamos que ele está aqui para se encontrar com subversivos, quem sabe até ajudar a dar um golpe de estado.
– Field? Lutando pela liberdade?
Jack esperou pela imediata opinião contrária que ele esperava vir de qualquer representante do governo de Zanzibar ao discutir os detalhes sobre um "agitador" ou "guerrilheiro", opondo-se à insinuação da liberdade como um motivo válido pelo qual lutar.
– Ele tem muito dinheiro – disse no entanto Ferdinand. – Mesmo pouco dinheiro vale muito em Zanzibar hoje em dia, ou você ainda não percebeu?
– Percebi – concordou Jack, esperando pelo que viria a seguir.
– Eu sei que você andou conversando com Field, na minha presença e na minha ausência também – disse Ferdinand.
– Creia-me, eu nunca pensei, nem por um segundo, que ele era outra coisa além do que dizia ser, um homem de negócios, vindo a Zanzibar para comprar cravo.
– Fique tranqüilo, eu não vim acusá-lo de nada. Nós o checamos e não temos nenhuma razão para não acreditar que você não seja Jack Mallard, vindo à esta ilha para escrever um artigo a respeito do tráfico de escravos.
– Isto é um alívio. Mas, francamente, a possibilidade de Field estar envolvido em alguma coisa sinistra me deixa confuso.
– Talvez a você, mas não a mim, nem ao governo de Zanzibar. É por isso que nós precisamos da sua ajuda.
– Como posso ser de alguma ajuda?
– Field disse alguma coisa a você, ou a outra pessoa que você tenha escutado, que poderia fazê-lo crer que ele estivesse planejando se encontrar com algum nativo?
– O senhor se deu conta de que eu só o vi e falei com ele pou-

quíssimas vezes? Parecia a coisa certa a fazer, já que nós somos os únicos americanos aqui na ilha.

– Qualquer coisa que ele tenha deixado escapar sem querer.

Jack assumiu a sua postura de "deixe-me ver". Depois balançou a sua cabeça e disse: – Talvez alguma coisa a respeito da próxima quarta.

– Oh? – as orelhas de Ferdinand se empinaram a ponto de parecer um vulcão.

– Nós tínhamos marcado de visitar alguns lugares da ilha – mentiu Jack com facilidade. – Eu mencionei a Field a minha visita às Termas Kidichi e ele manifestou interesse em conhecê-las também. Eu concordei em arranjar as coisas para irmos até lá na quarta, mas Field cancelou. Disse que havia acontecido alguma coisa.

– Existe alguma possibilidade de você provocá-lo neste meio tempo, para ver se ele diz alguma coisa mais específica?

– Você acha que ele vai me contar sem mais nem menos que está conspirando para derrubar o governo? Ninguém que estivesse realmente planejando um golpe de Estado seria tão estúpido.

– Não, mas talvez ele lhe dê uma desculpa que possamos identificar como falsa e que nos comprove que há algo acontecendo.

Jack pensou com seus botões que uma desculpa assim poderia ser facilmente arranjada.

– Quer dizer então que a minha pequena excursão com o professor Mider foi cancelada? – perguntou Jack todo inocente.

Isso pegou o maldito filipino de surpresa.

– Nós tínhamos marcado para sair na terça-feira para passar três dias no campo – prosseguiu Jack. – O professor está colecionando espécimes adicionais de plantas e concordou em me mostrar alguns lugares relacionados à escravidão um pouco fora das rotas costumeiras.

– Certo – disse Ferdinand, como se aquele pequeno fato lhe tivesse apenas fugido por um momento da cabeça. Qualquer verdadeiro agente do governo interessado em obter a cooperação de Jack não apenas saberia a respeito da tal excursão para o campo, como também a teria cancelado ou reagendado. – Vamos esperar e ver o que você consegue até terça.

Field adoraria manter Ferdinand distraído com ele enquanto Carl e Jack estivessem longe, cuidando de seus verdadeiros interesses em Zanzibar.

– Posso fazer isso por você – propôs Jack, fazendo a coisa soar como se bancar o espião fosse algo de que ele gostasse.

– Você deve tomar muito cuidado – alertou Ferdinand. – Se Field imaginar, por um momento que seja, que nós fizemos contato com você e que concordou em nos ajudar, ele não abrirá o bico. E esta é apenas a possibilidade menos perigosa.

– Você quer dizer que ele pode me matar?

Ferdinand parecia preocupado com a possibilidade de ter assustado Jack.

– Não é muito provável, mas é melhor ser extremamente cuidadoso – disse Ferdinand.

Jack reassumiu o seu ar de "deixe-me pensar a respeito por um momento".

– Ok – disse finalmente, com um toque exato, de "parece melhor não me envolver nisso, mas...".

– Ótimo – disse Ferdinand. – Você pode me passar diretamente qualquer coisa que julgar pertinente. Como foi o próprio Field que nos apresentou, ele não achará estranho que conversemos.

Apesar de as coisas estarem aparentemente acertadas, Ferdinand não fez nenhum gesto imediato para ir embora.

– Ainda uma outra coisa – disse ele à guisa de explicação.

– Oh? – Jack estava realmente curioso.

– Eu estava me perguntando por que você não se juntou a mim e a Bonjo na outra noite.

Jack tinha que admitir que aquilo foi como um raio caído de um céu azul e claro.

– Eu realmente não... – Jack começou, preparando-se para negar, mas acabou voltando atrás. – Sabe, aquilo foi realmente... – e desviou do assunto mais uma vez. – Eu o vi lá na praia. Pensei em ir cumprimentá-lo, mas antes que eu pudesse fazê-lo, o garoto negro apareceu. Achei melhor deixá-los em paz, depois pensei que vocês tinham me visto e estavam vindo na minha direção. Quando vocês dois, bem, não pareceram me ver, eu me recolhi num canto, sem poder sair.

– Foi o que eu imaginei – disse Ferdinand.

Jack torceu para que aquilo não fosse conversa fiada. Se Ferdinand suspeitasse que ele o tinha seguido por alguma outra razão que não o simples intuito de cumprimentá-lo, este encontro seria um pouco mais complicado.

– Você estava se masturbando enquanto nós... você sabe?

– Receio não ter podido me conter – disse Jack. – Vocês dois estavam bem interessantes, você tem que admitir.

– Eu gosto de ter alguém olhando de vez em quando, por isso não o chamei para se juntar a nós quando vi o que você estava fazendo em meio às moitas. Não dava para ver muita coisa, ocupado do jeito que eu estava, mas parecia haver alguma coisa extraordinariamente grande sendo punhetada na sua mão direita.

O pau de Jack começou a endurecer dentro das suas calças. Apesar de acreditar que todas os seus encontros seriam insossos em comparação com o sexo que ele havia feito com Konoco, isso não queria dizer que ele ia desprezar uma possibilidade de comparação.

– Vejo um problema potencial no fato de eu ser um representante oficial de um governo sexualmente repressor que condena atividades como as ocorridas entre o senhor Bonjo e eu, na noite em questão, embora seja pouco provável que condenasse com tanta veemência o que você estava fazendo na mesma noite. Eu não conheço nenhum estatuto das leis de Zanzibar que negue a um homem o direito de se masturbar quando e onde ele bem entender, mas no que diz respeito a um nativo de Zanzibar chupar o pau de um filipino...

– Eu ouvi dizer que as leis antigay da ilha não são realmente levadas a ferro e fogo. O governo precisa da moeda estrangeira, não importa como ela seja ganha.

– Eu também ouvi isso – disse Ferdinand. – Pelo que vi e percebi, desde que fui contratado, eu diria que este é possivelmente o caso. Contudo...

Ele deixou que Jack completasse as lacunas, o que ele estava mais do que disposto a fazer.

– Talvez nós dois possamos inventar algum modo particular de erradicar completamente qualquer temor de eu algum dia deixar escapar o que vi entre você e o senhor Bonjo – sugeriu Jack, supondo que Ferdinand estivesse razoavelmente ansioso por ser um agente do governo e por sentir a necessidade de que Konoco ou os pensamentos a respeito dele não monopolizassem a sua vida sexual. Jack precisava de sexo depois de Konoco, depois de Zanzibar, ou acabaria se aposentando, solitário, num mosteiro isolado.

– Por que então não me propõe algo para resolver o meu dilema? – perguntou Ferdinand.

– O que você acha de sentar sobre o meu pau duro, com os seus braços entrelaçados ao redor do meu pescoço, suas pernas enroscadas na minha cintura e seus pés nas minhas costas como um macaco preso por uma eternidade no galho de uma árvore?

Ferdinand riu.

– Isso bem que viria a calhar – disse o filipino. – É algo que, admito, eu não teria concebido sozinho, mas no qual eu não vejo nada de errado em me engajar. Isto realmente me reasseguraria que nós somos suficientemente irmãos, no que diz respeito a certos aspectos de nossa vida privada, para manter o seu silêncio sobre o que quer que você tenha visto na noite em questão.

– Então vamos entrar em ação! – disse Jack e começou a tirar as suas roupas.

Ferdinand não foi menos rápido em começar a se despir. Seu pequeno atraso de segundos, porém, deu a Jack a oportunidade de prestar atenção ao que lhe estava sendo oferecido, algo que era até agora um mistério, já que Jack só tinha visto o pau duro de Ferdinand de relance na floresta-jardim.

O corpo nu de Ferdinand revelava-se decididamente juvenil, ainda que não a ponto de Jack, que não tinha, pelo menos que fosse de seu conhecimento, comido qualquer menor de idade, perder o interesse.

O filipino era todo bronze, sem pêlos, exceto por aqueles surpreendentemente lisos na altura da virilha. Seu corpo não era bem definido, tendo mais curvas do que ângulos. Ainda assim não era feminino a ponto de Jack, que nunca havia transado com uma mulher e nem pretendia, perder o tesão. Era magro mas não esquelético. A maneira como a sua barriga lisa ficava côncava entre os quadris, pontuada ao centro pelo atraente umbigo, era bastante sexy.

Todos os doze centímetros de seu pau estavam em seus últimos movimentos rumo à ereção total. Se Ferdinand estava se dando conta de como o seu pau parecia pequeno em comparação com o monstro de Jack, pelo menos não agia como tal.

Os únicos comentários de Ferdinand a respeito do pau de Jack foram: – Faz muito tempo que a minha bunda não é tão preenchida como você obviamente está prestes a fazer. Por favor, manere, pois eu vou ter mais problemas para explicar um cu rasgado do que o que o senhor Bonjo e eu estávamos fazendo. Quem sabe você poderia levar em consideração a possibilidade de uma camisinha lubrificada.

– Uma camisinha lubrificada saindo – disse Jack e se curvou em direção às suas calças, em cujo bolso da frente havia uma.

– Maravilha! – disse Ferdinand.– Assim que o seu pau estiver emborrachado, poderá ser coberto pelo meu cu apertadinho.

Com o primeiro passo concluído, Ferdinand não perdeu tempo para dar o segundo. Suas mãos alcançaram a nuca de Jack. Ele ergueu a sua perna esquerda e puxou o seu joelho de modo a montar no quadril direito de Jack. Com a habilidade de um macaco, ergueu a outra perna e enganchou os dois tornozelos nas costas de Jack. Pendurado como estava em seu pescoço, a sua bunda brincava de pãozinho de cachorro-quente sobre toda a extensão do salsichão duro de Jack.

As mãos de Jack agarraram a bunda do filipino, puxando-o mais para cima ao longo de seu torso. O rego de Ferdinand deslizou por sobre o pau de Jack até que o seu cu se alinhasse perfeitamente com ele.

– Pronto para brincar de cavalinho de carrossel ao redor do meu poste? – perguntou Jack.

Ele não esperava que nada fosse tão bom quanto o sexo que ele havia feito com Konoco, em especial o que ele havia feito com Konoco e Ahmad juntos. Afinal, fazer sexo com dois garanhões negros era algo que já havia povoado a sua fantasia antes de se tornar uma realidade. Ele nunca tinha fantasiado comer a bunda de um filipino com jeito de menino e pele cor de bronze. Isso, contudo, não significava que ele não estivesse disposto a encarar uma trepada caída literalmente no seu colo. O prazer é algo que se saboreia às colheradas, e esperar que todas as relações sejam um banquete de êxtase era querer demais. Qualquer tipo de sexo, até mesmo um mero bocadinho, costumava dar prazer suficiente a Jack para fazer com que a coisa valesse a pena.

– Pronto, disposto e capaz – disse Ferdinand, encorajando Jack a seguir em frente.

– Mantenha a sua bunda onde ela está enquanto eu miro a minha cabecinha bem no alvo – disse Jack.

A mão esquerda de Jack segurou a nádega direita de Ferdinand, fazendo a pressão necessária para continuar empurrando para cima. A mão direita de Jack afastou suavemente o pau duro da sua barriga musculosa, fazendo a cabecinha roçar de leve no rego do filipino logo acima.

– Na mira – disse Ferdinand, quando a umidade da ponta lubrificada da camisinha atiçou a abertura de seu traseiro. – Pronto para a trepada de sua vida, garanhão?

– Quando quiser – disse Jack.

Sem mais, o peso da bunda de Ferdinand deu início à lenta cavalgada de seu ânus em torno do pau de Jack. Embora o esfíncter de Ferdinand se abrisse com relativa facilidade para abocanhar a cabecinha de Jack, todo o restante para além daquela porta era bastante apertado.

– Mmmm... isso – disse o filipino, dando uma pequena rebolada que alinhou melhor o seu reto sobre o pau de Jack.

Jack colocou as mãos em concha sob as nádegas de Ferdinand. Ele abriu o rego com a intenção de lacear um pouco aquele cu antes da cavalgada inicial, sem no entanto receber aparentemente nenhuma recompensa pelo seus esforços. Seu pau entrou na bunda de Ferdinand como um salsichão tentando entrar num invólucro aparentemente pequeno demais para contê-la.

– Não vai me dizer que essa bunda é virgem – disse Jack.

Pela aparência de menino de Ferdinand, era fácil imaginar que o filipino estava sendo comido pela primeira vez.

– Você gosta do meu cu apertadinho, não é, garanhão? – perguntou Ferdinand. – Eu achei mesmo que você gostaria. Assim como imaginei que eu gostaria do seu pauzão enfiado em mim. Vai gostar ainda mais quando eu começar a balançar sobre a sua vara como uma criança saltitando sobre uma almofada.

A bunda de Ferdinand chegou até a base, suas nádegas se apoiando contra o que seria o colo de Jack se ele estivesse sentado. As bolas do filipino teriam tocado a barriga de Jack se não estivessem caídas na direção oposta. O cacete bem duro de Ferdinand parecia um pequeno obelisco no espaço entre os dois estômagos firmes.

– Está pronto para a trepada da sua vida, cowboy?
– Pode apostar! – disse Jack.
– Segura, peão! – disse Ferdinand e deu início a um mergulho no pau de Jack, provando, de uma vez por todas, que seu cu, embora parecesse virgem, já tinha participado de alguns rodeios sexuais antes.

Usando os músculos de suas pernas e o apoio que ainda tinha no pescoço de Jack, Ferdinand fez a maior parte do trabalho. As mãos de Jack, ainda segurando a bunda do rapaz e o seu pau atolado profundamente no ânus do filipino, apenas ficaram no lugar.

Jack afastou mais as pernas em busca de equilíbrio. Pensou por um momento em conduzir Ferdinand até a parede mais próxima, mas acabou decidindo não fazê-lo por medo de que isso interferisse no ritmo que o filipino tinha adquirido tão fácil e rapidamente. Jack, portanto, não fez mais do que ficar de pé e permitir que os esforços de Ferdinand realizassem a mágica de elevar suas grandes bolas. Esperou que Ferdinand expandisse sozinho o prazer de ambos até fazê-los alcançar o inevitável transbordamento do orgasmo.

– Você já fez isso antes, não é? – perguntou Jack.

O contrapeso oferecido pelo corpo pendente de Ferdinand permitiu que Jack se inclinasse para trás, projetando os seus quadris para a frente e para cima, aprofundando ainda mais a penetração do seu pau no filipino.

– Você sabe diferenciar um profissional de um amador, não é mesmo, cowboy? – disse Ferdinand sem falsa modéstia. – Pelo pouco que pude ver enquanto você dava um trato no seu pau, aquela noite na praia, percebi que você e o próprio saberiam como fazer um cara feliz.

Jack não podia acreditar que Ferdinand estivesse sentindo mais prazer do que estava provocando. Apesar de não conseguir deixar de comparar o sexo que estava tendo agora com o que havia feito com Konoco e Ahmad e julgar o atual inferior, Jack achou que essa trepadinha estava dando conta razoavelmente do recado. Jack ainda não havia experimentado um orgasmo do qual não tivesse gostado e não tinha dúvidas de que iria apreciar este também.

– Quer que eu tente brincar com o seu pau? – perguntou Jack, achando que conseguiria segurar a rola dura de Ferdinand entre eles.

– Acho que você vai ficar surpreso de ver como o meu pau é capaz de se virar sozinho quando há um belo naco de carne entrando e saindo da minha bunda como um pistão – disse Ferdinand. – Apenas relaxe e goze. Meu prazer só fez aumentar depois de me certificar de que você é um irmão fodedor de cu bom demais para deixar vazar qualquer informação a respeito das minhas inclinações sexuais às autoridades de Zanzibar, como o fato de eu ter sido chupado por aquela boca negra naquela noite.

– A única coisa que eu vou deixar vazar será um leite espesso e cremoso – disse Jack, numa maneira de avisar que o seu pau teria que estar morto para não responder à incessante e vigorosa cavalgada de Ferdinand. Ele tentou diminuir o ritmo um pouquinho, agarrando a bunda do filipino com mais firmeza, mas não adiantou muita coisa.

Ferdinand deu início a uma série de movimentos como se estivesse se exercitando numa barra, seus braços se estendendo completamente a cada sentada completa de sua bunda no pau de Jack. O filipino começou a deixar o pau de Jack enfiado até o fim por alguns segundos a mais do que o costumeiro, esfregando-se ao redor da base da ereção de Jack. Então, dobrando os seus cotovelos, Ferdinand levou o seu peito e barriga em direção ao peito e à barriga de Jack para melhor deslizar a sua bunda sobre o pau de Jack e voltar até a cabecinha, repetindo o processo mais uma vez...

Jack deu início a balanços reflexivos, dobrando os joelhos, e dando estocadas mais fortes para dentro e para fora da bunda de Ferdinand.

O calor e a umidade do quarto e da trepada fizeram os corpos dos dois homens brilhar, recobertos por uma atraente camada de suor. Ferdinand parecia mais bronzeado, Jack mais dourado. Eles davam a impressão de duas estátuas eróticas de metal fundidas uma na outra num forno quente, aumentando o ponto de fusão e amalgamando-os em paixão.

– Vai! Mete fundo! – dizia Jack cada vez que a bunda de Ferdinand alcançava o talo do seu pau, dando início aos poucos segundos de torção que iriam obrigar o orgasmo de Jack a se manifestar mais cedo.

– Parece que sua pica está enterrada na minha bunda, atravessando-a até a barriga e alcançando a minha garganta – disse Ferdinand, ao sentar-se mais uma vez sobre toda a extensão do mastro de Jack.

– Preparado para ter o cuzinho recheado por uma camisinha cheia de porra? – perguntou Jack quando Ferdinand voltou a erguer a bunda, sua cabecinha mais uma vez seguramente presa pelo esfíncter do filipino.

– Meu rabo está pronto desde a primeira vez em que eu o vi no bar do hotel – assegurou-lhe Ferdinand.

Depois disso, nenhum dos dois precisou de mais conversa. Seus esforços concentraram-se cada vez mais no intuito de trazer o prazer a uma conclusão mutuamente desejada. Os sons guturais e animalescos, os suspiros, arfadas e grunhidos foram todos reflexos, respostas automáticas à onda do prazer combinado que tinha alcançado o seu ápice, prestes a dar início à espiral que em breve levaria ambos a esporrar.

A explosão foi detonada na barriga de Jack com tamanha intensidade que fez parecer que a cavalgada final da bunda de Ferdinand para cima foi o resultado direto do orgasmo de Jack provocando o impulso. A ponta da camisinha se encheu com tanta força e rapidez com o sêmen de Jack que se a bunda do filipino tivesse se libertado totalmente do pau de Jack, teria levado consigo a camisinha. Por um minuto, o jorro da porra úmida e quente no peito e na barriga de Jack fez com que ele pensasse que tinha sido exatamente isso que tinha acontecido. Só que havia sido a explosão do pau duro de Ferdinand, que tinha precisado apenas do deslizar constante do pau duro de Jack pela sua bunda para detoná-lo.

9

Na segunda-feira, Jack disse a Ferdinand que Field parecia ter um encontro marcado para quarta-feira à tarde com um executivo local que teria supostamente uma antigüidade, uma cimitarra, para vender. Era mentira, mas Field estava preparado para dar-lhe a aparência de uma possível atividade clandestina, pegando um táxi para a cidade antiga na quarta à tarde, mantendo Ferdinand fora de combate.

Na terça, Carl Mider partiu em sua viagem para o campo, Jack a reboque. Na quarta de manhã, eles já tinham deixado o carro para trás e avançado campo adentro. À tarde, Field examinava preguiçosamente uma pilha de cocos no mercado da cidade antiga, enquanto Carl e Jack alcançavam o seu verdadeiro objetivo no interior da ilha.

Carl já tinha estado lá antes. Ele tinha sido enviado a Zanzibar especificamente para localizá-lo, baseado nas informações fragmentadas que havia recolhido durante a revolução que derrubara os árabes.

Em suas duas primeiras noites no campo com Carl, Jack esperou que eles fossem fazer sexo. Estava pronto para isso. A súbita corrida em direção à concretização do projeto para o qual ambos tinham sido contratados era algo que o estimulava sexualmente. Carl, contudo, sujeito há mais tempo aos traumas do projeto, mostrou-se literalmente impotente por conta da possibilidade de uma catástrofe de última hora, caso descobrissem o que estavam prestes a fazer sob as ordens de Field.

Carl não seria o primeiro brocha a ser comido por Jack, caso se dispusesse a isso, mas ele se tornou o oposto exato do demônio sexualmente agressivo que havia sido em seu primeiro encontro com Jack no museu.

Jack poderia ter tentado seduzi-lo, mas estava cansado demais de atravessar a geografia selvagem de Zanzibar para se incomodar. Não estava cansado demais para se masturbar, no entanto. O único comentário de Carl ao ouvir Jack em plena atividade foi algo a respeito de todos poderem estar mais bem servidos se Jack conservasse a sua energia para o que ainda lhe restava fazer depois que Carl terminasse – finalmente – a sua parte no projeto.

Jack, contudo, ainda teve a manhã de quinta-feira para descansar, enquanto Carl se ocupava com a sua especialidade. Jack observava fascinado enquanto Carl provava realmente valer o seu salário. No final, a bagagem sucintamente empacotada numa caixa portátil e enfiada numa mochila era menos desconfortável do que o calor do dia em que Jack deveria carregá-la.

– Você já sabe o que fazer – disse Carl.

Chegar até aqui, tão perto do sucesso e deixar Jack, ótimo de cama mas mensageiro ainda a ser testado, botar tudo a perder seria um erro digno de punição exemplar, na opinião de Carl.

– Entendido, professor – disse Jack, com a mochila nas costas.

Ele esperava que agora Carl quisesse sexo, só para que ele pudesse negar. Sexo, porém, continuou sendo uma coisa distante da cabeça de Carl.

– Muito bem – disse Carl, checando as horas. – Espero que você tenha decorado o seu itinerário.

– Engraçado, não me lembro de tê-lo interrogado sequer uma vez a respeito da sua parte em todo este acordo.

– Desculpe – disse Carl. – De verdade. É que eu me dediquei tanto nestes últimos dois anos para chegar a este ponto que odeio pensar que isso ainda possa dar em nada.

– Eu vou cumprir a minha parte – assegurou Jack, apesar de saber que o programa só acaba quando termina.

O aperto de mãos de despedida dos dois foi anticlimático, considerando o sexo acalorado que já tinham feito.

Jack deu uma última olhada para o sol que parecia eternamente presente e seguiu o seu caminho em meio à vegetação. O oceano estava em algum lugar à frente, assim como o barco que deveria ter sido deixado por outro empregado de Field com as passagens para tirá-lo de lá. Nenhum barco causaria danos trágicos à frágil carga que agora precisava ser rapidamente entregue às pessoas melhor qualificadas para preservá-la.

Assim como no caso do jardim-floresta do hotel, Jack ouviu o oceano antes de vê-lo. Tanto tempo antes que acabou achando, por mais de uma vez, que aquele não era o som do oceano, mas sim o barulho do vento nas árvores.

O sol já estava se pondo quando ele atingiu o topo da montanha e viu a extensão de água salgada que o separava do continente africano.

Como por milagre, viu a fileira de palmeiras, duas delas de aspecto fálico por terem sido decapitadas por alguma tempestade, ou quem sabe por alguma doença.

"Mais perto do sucesso a cada minuto que passa", congratulou-se Jack, ajustando a carga às suas costas e seguindo em direção ao seu tão esperado transporte.

– Mais um sucesso para estufar os bolsos fundos de Field – disse Jack quando chegou ao lugar e removeu alguns dos galhos secos das palmeiras, revelando a promissora ponta de um barco que se escondia sob elas.

Foi então que sentiu uma dor aguda na nuca, perdeu os sentidos e tudo se transformou numa imensa e abrangente escuridão.

Ele despertou e se deu conta de que havia alguém fodendo seu cu.

Jack já tinha sido comido várias vezes, portanto sabia reconhecer a sensação e perceber que o pau que estava comendo a sua bunda era bem grande. Não havia dúvida de que aquele era o peso de alguém sobre as suas costas e bunda, com os braços enroscados sob os de Jack, suas mãos entrelaçadas em seu pescoço. Jack virou o rosto para a esquerda e sentiu algo macio contra a sua bochecha, como um lençol.

Ou o golpe na sua cabeça o tinha deixado cego, ou ele estava vendado. Ou ele estava mudo, ou amordaçado. Ou estava paralítico ou amarrado com o rosto voltado para o chão e as pernas afastadas.

Jack agitou os seus braços e identificou o som inconfundível de correntes sobrepondo-se até mesmo aos grunhidos do seu molestador, que ecoavam altos e animalescos nos seus ouvidos, sua audição obviamente aguçada por conta das demais restrições.

A rapidez com que o pau que estava traçando a bunda de Jack agia e a freqüência dos grunhidos e arfadas de seu molestador deixaram evidente que aquela trepada tinha começado algum tempo antes de ele acordar. Quem quer que tivesse comido a bunda adormecida de Jack até trazê-la de volta à consciência estava se divertindo à beça.

Não era a violação o que mais incomodava Jack. Afinal, ele já tinha voluntariamente tomado no cu antes, com muito mais dor até do que a que esse pau estava lhe causando com o sexo compulsório. O que mais preocupava Jack no momento era saber se o seu violador havia tido o prudência de usar uma camisinha. Mesmo que Jack se concentrasse em descobrir se o pau em sua bunda estava ou não coberto por látex, ele não conseguiria chegar a nenhuma conclusão, pegando o jogo a esta altura. Ele só podia torcer para que o garanhão bem dotado tivesse se preocupado suficientemente com a sua própria segurança para encapuçar o pau antes de metê-lo no rabo de Jack.

Depois de se convencer de que só um idiota meteria, nos dias atuais, um pau desprotegido no cu alheio, sem conhecer previamente o histórico médico e sexual de seu proprietário, Jack ficou desconcertado com a dureza do seu próprio pau sob a sua barriga. Uma vez que não se lembrava de como isso havia acontecido, Jack concluiu que tinha ficado ereto por reflexo, enquanto ele ainda estava inconsciente, fruto de quaisquer que o tivessem sido as sensações subconscientes que tivessem tomado quando a pica do violador entrara nele.

Se alguma vez Jack desejou que as autoridades de Zanzibar aparecessem e prendessem alguém que estivesse transgredindo as leis locais, esta era ela. O único problema seria que neste caso Jack se veria numa situação embaraçosa, uma vez que ele não tinha nenhuma explicação para o pau duro como resultado de um outro enfiado no seu cu.

Jack sabia que os estupros estão mais relacionados com o poder do que com o sexo, por isso pensou que o garanhão que o estava comendo talvez acabasse não gozando se percebesse que a sua vítima não estava sofrendo tanto assim.

Quando o pau entrou mais uma vez fundo no cu de Jack, ele girou sensualmente os quadris. Ele sabia, devido à sua larga experiência, que uma rotação destas provia um prazer maior do que o simples vaivém em linha reta de um pau dentro de um cu. Jack se deliciou quando o seu violador grunhiu em reação imediata, alterando óbvia, embora brevemente, o ritmo da trepada.

Jack tentou um rosnado esperançoso de "mais, quero mais" no lugar de "chega, por favor". Ele estava preparado para tentar outro rosnado mas teve a sua atenção desviada quando seu violador suspendeu um pouco o próprio peso e sua barriga se mexeu, permitindo que seu pau também se movesse, roçando no lençol sob ele. O pau de Jack já tinha deixado escorrer um monte de secreção pré-seminal, formando uma poça de substância cremosa.

– Aaagghhhh! – grunhiu Jack, desta vez por causa de um prazer real e não fingido.

De repente, até o modo de Jack se debater fazendo soar as suas correntes tornou-se um afrodisíaco sonoro.

Suspeitando que havia um dado de perversão em gozar ao ter a bunda violentada, Jack se concentrou em tentar, conter o seu prazer, sem muito sucesso, porém, nem mesmo quando focou sua atenção na nuca dolorida pelo golpe.

Jack tinha uma certa confiança de que a cabecinha do pau de seu violador veria a cor de sua porra bem antes das suas próprias bolas chegarem ao ponto de bala. Chegou a sentir efetivamente orgulho quando o pau finalmente explodiu dentro de sua bunda. O orgulho, porém, logo diminuiu quando as ondulações de prazer ecoaram diretamente em suas bolas.

– Merda, não, não! – protestou Jack, apesar do som saído através da mordaça não se parecer em nada com isso.

Seu pau duro espirrou porra sob a sua barriga e o seu cu se contraiu tanto que o violador de Jack gritou numa combinação de dor e prazer por causa do súbito abuso anal em seu pau hiper-sensível. Quando o pau finalmente deslizou para fora de sua bunda, Jack ficou esperando pelo que viria a seguir, com os sentidos ainda restritos.

Ele ainda sentia dor por causa do golpe desferido em sua nuca, mesmo que menor do que a que havia imaginado. Sentiu a porra fria sob a barriga melada mas preferiu ignorá-la, por ainda não ter se decidido se era certo ou não alguém nocauteado e violado sentir tanto prazer.

Ele ouviu o estalido de uma provável fogueira. Ouviu o seu atacante, ou talvez um cúmplice dele, erguer-se e mover-se. Ouviu então dois cliques diferentes, que ele atribuiu aos fechos do container especial que ele carregara nas costas sendo abertos.

– Não! – Jack tentou dizer ao maldito.

Um novato que não tivesse idéia do que se tratava poderia provocar danos irreparáveis ao produto, torná-lo literalmente irrecuperável, e ao que parecia esse era o caso.

Inesperadamente, duas mãos pousaram sob a cabeça de Jack para virar o seu rosto na direção oposta. A mordaça foi desamarrada e a venda retirada com igual informalidade.

Jack saudou o que ainda era obviamente um cair da noite em Zanzibar, a luz da fogueira desorientando-o até seus olhos se ajustarem às chamas. A esta altura, o seu violador já tinha se colocado à vista e sentado, com a caixa de espécimes aberta sobre uma pedra à sua frente e uma camisinha cheia de porra balançando na pinça formada pelo seu polegar e indicador:

– Assim você se certifica de que eu não fui estúpido para comê-lo sem uma camisinha – ele disse.

– Konoco? – a boca de Jack ainda não tinha se ajustado ao fato de ter sido amordaçada. Jack conseguiu reconhecer o que disse, mas achou pouco provável que Konoco o tivesse compreendido.

– Quer me dizer o que é isso, Jack? – disse Konoco, apontando com a cabeça para a caixa aberta de onde havia sido retirada uma das amostras. Ele jogou a camisinha cheia de porra para o lado. – Ou você quer que eu lhe diga o que são e o que o traz a esta parte supostamente deserta da ilha com elas?

– Você me espionou desde o começo! – acusou Jack.

– Não seja babaca. Eu jamais teria ligado você a Field.

– Mas...

– Um pescador local viu o barco e fez a denúncia. Todos suspeitavam de contrabando. Como eu sou o homem da lei por aqui, fui designado para fazer a vigília no mato. Quem poderia imaginar que isso acabaria envolvendo as únicas coisas restantes na ilha que realmente valem o risco de ser contrabandeadas?

— Eu realmente gostaria que você colocasse esse espécime de volta na caixa. Tanto ele como os seus companheiros foram empacotados especificamente para ficar onde estão até mesmo quando fossem checados para ter certeza de que não secariam.

— Diga-me que não são mudas e híbridos do tão comentado supercravo.

— Não são mudas nem híbridos do tão comentado supercravo — repetiu Jack.

— Mentiroso! Um dos amigos árabes de Field descobriu um antes de ser expulso!

Era óbvio que Konoco sabia o que tinha nas mãos.

— Descoberto bem no início da revolução — admitiu Jack. — As informações a respeito chegaram de forma tão fragmentada, que Field precisou de anos até que tivesse certeza de ter finalmente encontrado o local exato.

— Carl Mider foi enviado para verificar. Quem mais se não um botânico, pelo amor de Deus! Você também?

— Só um mensageiro de baixo escalão.

— Eu devia saber que você era bom demais para ser verdade.

— Alguma coisa disso tudo me torna menos bom?

— Qual é a produção de eugenol deste mutante botânico? — disse Konoco ignorando a tentativa bem humorada de Jack. — 100% acima do normal? 200%?

— A estimativa moderada é de 690,9%.

— O suficiente para colocar Zanzibar novamente no mapa, se começar cultivar um supercravo em larga escala, você não diria?

— Eu diria que o sistema atual não está mais preparado agora para aproveitar as vantagens deste potencial do que esteve antes para sustentar o nível da produção de cravos depois da revolução. A nacionalização da indústria de cravo acabou com ela de vez. Isso mudou?

— O que dá o direito a Field, que já tem dinheiro saindo pelo ladrão, de fazer ainda mais dinheiro?

— Field detinha 75% da plantação onde este cravo foi encontrado e nunca recebeu um centavo de reparação por parte do governo de Zanzibar quando a propriedade foi aprendida e os superintendentes árabes assassinados. Field vê a coisa toda como um mero retorno a longo prazo de seu investimento original, assim como o retorno do dinheiro adicional gasto naquilo que ele considera ser a sua propriedade.

– Qual é a sua parte neste bolo?

Jack cortou o seu ganho pela metade, dividiu-o ao meio mais uma vez, lembrou-se de como Zanzibar estava mal das pernas financeiramente e optou por uma quantia ainda menor. Ainda era mais do que Konoco poderia esperar ver em toda a sua vida na ilha.

– Quem sabe que eu estou aqui? – perguntou Jack em seguida. – Quero dizer, além de você.

– Não acha que o fato de eu saber já é motivo suficiente para você se preocupar?

– Você poderia vir comigo.

– Claro! Um cabo de polícia de Zanzibar desaparece com um turista americano sumido. Eu tenho uma grande família na ilha que não precisa de mais problemas do que já tem. Já pensou o que acontecerá a eles se eu de repente for rotulado como suspeito de ser conspirador, raptor ou outra merda qualquer? Eu poderia, isso sim, levar você e essas mudas e híbridos até os meus superiores e possivelmente receber uma recompensa por isso.

– Você quer dizer um tapinha nas costas enquanto os seus superiores pensam no que fazer com todo o dinheiro? Sem a devida supervisão, as mudas e os híbridos teriam a sua viabilidade comprometida por causa da falta de cuidados adequados.

– Você não está esquecendo da planta-mãe? Os pés de cravo crescem excepcionalmente grandes, com o tempo, e esta árvore de supercravo teve bons anos para fazer isso.

– Só que a planta está morta, sabia? Carl a matou com uma overdose de adubo químico. Depois de obter as mudas, Field não queria correr o risco de que a rainha ou qualquer um de seus súditos bastardos viesse a usurpar o trono algum dia, poderia?

Konoco recolocou as mudas de volta no compartimento especificamente designado para elas dentro da caixa de transporte bem protegida. Fechou a caixa e trancou-a. Voltou então toda a sua atenção para Jack e o desamarrou.

– Vista-se – disse Konoco.

– Ajude-me e Field o recompensará – disse Jack.

— Estou surpreso que tenha levado tanto tempo para chegar a esta solução óbvia.
— Você, porém, também vai ter que agir depressa, para que as mudas e os híbridos consigam sobreviver a este intervalo.
— Eu fui rápido — disse Konoco, desapontado ao ver toda a masculinidade sexy de Jack, seu pau grande e sua bunda bonita mais uma vez escondidos pelas roupas. — Assim que compreendi o que você estava fazendo aqui, pedi a um primo que trabalha no seu hotel para entrar em contato com Field. Este, depois de fazer o seu show de paranóia, decidiu evitar a possibilidade de perda total, tornando a minha cooperação financeiramente vantajosa para mim. A propósito, talvez você se interesse em saber que por causa do nosso relacionamento eu disse a Field que nada disso era culpa sua. Só um apêndice. Nove entre dez dos pescadores que viram o seu barco o teriam roubado.
— Obrigado.
— Fiz isso pelos bons tempos, Jack. Nós os tivemos, não é mesmo?
— Os melhores.
— É melhor irmos andando — disse Konoco levantando-se. — Temos um bom caminho pela frente e eu tenho que voltar para cá antes que os meus superiores façam contato comigo para saber se eu vi algum sinal de contrabando.

Foi uma marcha difícil, concluída arduamente por ambos enquanto alternavam a mochila. Cinco minutos depois da meia-noite, chegaram numa praia que Jack não achou em nada diferente da que eles tinham acabado de deixar.
— Eu tenho um tio cujo barco de pesca passa por aqui toda manhã — disse Konoco. — Regular como um relógio. Pouco antes da aurora ele enviará um barco para você.

Ele agachou ao lado de Jack, que tinha desabado sem fôlego.
— Sabe, todo mundo sempre ouviu os boatos a respeito deste supercravo, mas ninguém acreditava que realmente existisse, ao passo que todos, inclusive eu, acreditavam que Field estava aqui para se encontrar com dissidentes e financiar a revolução. A ironia é que, no final das contas, Field acabou promovendo realmente uma revolução. Você sabe quantas armas e munição podem ser compradas

com o dinheiro que ele está me pagando para levar você e estas amostras botânicas para fora da ilha?

– Você vai fomentar uma revolução?

– Você gostaria de viver sob as condições que viu aqui, sob um regime tão opressivo que duas bichas não podem foder ou chupar em privacidade nos seus próprios quartos sem transgredir a lei?

– Revolução é uma coisa muito perigosa.

– Perigosa e excitante, certo?

Konoco estava de pé.

– Vai pensar em mim de vez em quando, não vai Jack? – disse Konoco voltando para o caminho de onde eles tinham vindo.

– Konoco – disse Jack, – você me deve uma trepada por aquela tomada à força.

– Sim, eu sei – disse Konoco, parando momentaneamente, mas sem se voltar –, e eu espero que você me cobre esta dívida com interesse dobrado na próxima vez que vier a Zanzibar. – E prosseguiu noite adentro.

Jack esperou alguns minutos e então abriu o seu zíper. Pegou o seu pau duro e começou a tocar uma punheta imediatamente. Cada movimento emocionado de seu punho fazia com que ele fantasiasse a mesma coisa que viria a fantasiar durante todos os anos seguintes, às vezes enquanto se masturbava, às vezes na cama com alguém tão gostoso quanto ele, mas sempre a mesma imagem do pau duro e branco de Jack metendo e metendo e metendo na bunda apertada, preta e irriquieta de Konoco Fassal.

Leituras recomendadas

ASSUSTANDO OS UNICÓRNIOS
O amor entre homens
Lawrence Schimel

De um dos escritores gays mais badalados nos EUA, histórias de homens que fazem não só sexo como amor com seus parceiros, que transam de maneira quente e sensual mas também se casam e moram juntos. Finalmente um retrato do que realmente ocorre nas grandes cidades fora das saunas e pontos de pegação.

AS AVENTURAS DE UM GAROTO DE PROGRAMA
Phil Andros

Escritas por um professor de literatura após uma vida de atividades variadas – até mesmo fazer tatuagens em marinheiros –, estas histórias contam os encontros sexuais e amorosos de Phil, um homem inteligente e bonito que faz uso de sua sensualidade mediterrânea para ganhar a vida.

NICOLA
Um romance trangênero
Danilo Angrimani

Um professor universitário sisudo, casado e com filhos tem uma vida secreta: quando se olha no espelho, vê uma mulher vagabunda e aventureira esperando para se manifestar. Primeiro romance brasileiro a explorar a fluidez de gêneros, Nicola acompanha um personagem que se traveste com uma linguagem vigorosa, honesta e sem qualquer vulgaridade.

O QUE A BÍBLIA REALMENTE DIZ SOBRE A HOMOSSEXUALIDADE
Daniel. A. Helminiak

O autor, padre católico com Ph.D em teologia, cita fielmente todos os trechos em que há menção da homossexualidade e analisa seu significado de acordo com os mais recentes estudos históricos, apontando o engano de quem vê condenação de homossexuais na Bíblia.

TIRANDO A FARDA
Relatos de sexo entre militares
Stewart Chatwick

O desejo entre homens pode ser mais forte que qualquer limite. Esta obra reúne relatos verdadeiros de encontros sexuais – altamente eróticos e explícitos – entre soldados, fuzileiros navais, marinheiros e aviadores. Best-seller americano quentíssimo, sem cortes.

NA COMPANHIA DOS HOMENS
Romance gay em cinco estações
Alexandre Ribondi

O autor começa a contar suas histórias gays onde muitos outros brasileiros terminam: na vida após o assumir-se. Não só os homens aqui transam como viajam, trabalham e cozinham enquanto vivem intensamente seus amores. De Brasília devastada pela seca ao Iraque durante a guerra, suas narrativas econômicas e vigorosas se entrelaçam pela presença de uma personagem oblíqua e pelo amor declarado de homens por homens.

TORNAR-SE GAY
O caminho da auto-aceitação
Richard A Isay

Um psicanalista explica o peso que adotar uma identidade heterossexual, quando se é homossexual, pode ter para a vida amorosa de uma pessoa. Dá exemplo de seus pacientes, de sua própria vida e combate o preconceito de seus colegas que consideram a homossexualidade um desvio.

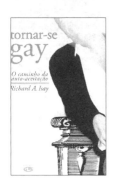

DIFERENTES DESEJOS
Adolescentes homo, bi e heterossexuais
Claudio Picazio

O autor, psicólogo com especialização em sexualidade, tira as dúvidas mais comuns que já ouviu sobre sexualidade, dá exemplos próximos do cotidiano, e separa o que é preconceito do que é de fato problema. Um livro esperançoso, de quem acredita que temos, todos, o direito à felicidade, não importa a forma.

FORMULÁRIO PARA CADASTRO

Para receber nosso catálogo de lançamentos em envelopes lacrados, opacos e discretos, preencha a ficha abaixo e envie para a caixa postal 12952, cep 04010-970, São Paulo SP, ou passe-a pelo telefax (011) 539-2801.

Nome: _____
Endereço: _____
Cidade: _____ Estado: _____
CEP: _____-_____ Bairro: _____
Tels.: (___) _____ Fax: (___) _____
E-mail: _____ Profissão: _____
Você se considera: ☐ gay ☐ lésbica ☐ bissexual ☐ travesti
☐ transexual ☐ simpatizante ☐ outro/a: _____

Você gostaria que publicássemos livros sobre:
☐ Auto-ajuda   ☐ Política/direitos humanos ☐ Viagens
☐ Biografias/relatos ☐ Psicologia Outros:
☐ Literatura   ☐ Saúde
☐ Literatura erótica ☐ Religião/esoterismo

Você já leu algum livro das Edições GLS? Qual? Quer dar a sua opinião?

Você gostaria de nos dar alguma sugestão?

Impresso pela Gráfica
VIDA E CONSCIÊNCIA
✆: 549-8344